同心 亀無剣之介
め組の死人

風野真知雄

コスミック・時代文庫

この作品はコスミック文庫のために書下ろされました。

目次

第一話　鏡のなかの死

一

「女はね、鏡で死ぬの。鏡で殺されるの！」

おりくはそう言うと、持っていた手鏡《てかがみ》を、鏡師《かがみし》の鏡市《きょういち》に投げつけた。

重みのある銅鏡《どうきょう》である。

「痛っ」

鏡市の右手の中指に当たった。

「なんてことを」

指を押さえ、おりくを睨《にら》んだ。

「なんだい、その顔は。あたしはあんたに、いままでいくらつぎこんだと思ってるんだい。指の痛みくらいじゃ合わないよ。しかも、あんたの鏡のせいで、あたしはいちばん大事な男に振られちまったんだ。こっちは、死にたいよ。つまりは、あんたの鏡があたしを殺すんだよ！」

「そりゃあ、逆恨みってもんでしょうが。化粧を分厚くしたのは、鏡じゃねえ、女将《おかみ》さんでしょうよ」

「分厚くなるのは、映《うつ》りが悪いからだよ！　映りがよければ、あたしはもっと薄化粧でいられたのさ！」

「そんな馬鹿な……」

鏡市は呆《あき》れておりくを見た。

おりくは、歳は二十七、八。むっちりした身体つきのおかげで、若いが料亭の女将という貫禄は充分である。

「馬鹿なじゃない。馬鹿はおまえだ」

「あっしの指は大事な仕事道具ですぜ。ちゃんと鏡を磨《みが》けなくなったら、どうしてくれるんですか？」

「おまえの指なんか、前からおかしかったよ！」

「なんてことを……」

「やかましい。あんたの顔なんか、二度と見たくない。千代松《ちよまつ》、寛治《かんじ》、こいつを叩《たた》きだしておくれ！」

おりくは、船のほうに向かって、ふたりの若い板前《いたまえ》の名を呼んだ。

「へっ。誰が来るかよ、こんなところに！」

鏡市もカッとなって、外に飛びだした。

鏡市が出ていくのを見送ると、おりくは、

「なんだ、馬鹿野郎。こんな鏡はぜんぶ捨ててやる！」

と、いままで愛用してきた鏡を次から次へと、裏手の海のなかに放りこんでしまった。


鏡市は、芝金杉橋《しばかなすぎばし》に近い湊町《みなとちょう》にある舟宿を飛びだすと、麻布《あざぶ》新網町《しんあみちょう》にあるわが家へと帰ってきた。裏店《うらだな》の長屋などではない。銅鏡をつくるのに、銅を溶かすところからやるので、長屋ではできないのだ。それで、古いけれど、一階を工房にできる、この一軒家を借りているのだった。

中指はまだ痛んでいる。それどころかひどく腫《は》れて、動かすこともできない。さらしを細く切って、グルグル巻きにしてある。骨接ぎに行っても、似たようなことをされるだけだろう。

うもない。

もしかしたら、骨が折れているかもしれない。となると、当分、仕事はできそうもない。

それどころか、ちゃんと曲げられなくなったら、鏡研《かがみと》ぎという力のいる仕事ができなくなってしまう。

「なんて女だ」

逆恨みの八つ当たりにもほどがある。

たしか、あの女将が大事な男と言ったのは、役者なのだ。前にチラッとそんなことを聞いた覚えがある。役者なんか、もともと遊びで女と付き合うもので、本気になる女将のほうが馬鹿なのだ。

それなのに、相手の男は、別れる理由を、

「化粧がぶ厚過ぎた。派手《はで》な女は所帯を持つのにふさわしくない」

というようなことにしたらしい。

そんな言いわけは嘘《うそ》に決まっている。

要は飽きたのだ。

そんなこともわからず、おれの鏡のせいにするなど、呆れ返って話にならない。

――ほんとに、鏡づくりに支障をきたしたらどうしよう。

そう思ったら、不安とともに、激しい怒りがこみあげてきた。

――殺してやる。女は鏡で死ぬだって？　だったら、鏡で殺してやるよ。

鏡市は、殺しの方法を、あれこれと模索しはじめていた。

二

おりくの料亭は船の上にあり、料理を味わいながら、景色も楽しめるという乙《おつ》なものだった。

朝早く、昼の席の準備のため、女将のおりくは誰よりも早く、この船にやってくる。

ここは海辺に岩が多く、でこぼこしているので、漁師の船は繋留《けいりゅう》されていない。浮かんでいるのは、おりくの持ち船だけである。

もともとは海辺にある、ただの舟宿だった。それが父の代に、地震で海岸線が隆起《りゅうき》してしまい、干潮時には猪牙舟《ちょきぶね》を着けられなくなってしまった。そこで、やや離れたところに屋形船《やかたぶね》を浮かべ、そこを料亭にしたのである。

料亭の名前も、船の名らしく、〈朝陽丸《あさひまる》〉とした。

舟宿のほうもそのまま営業しているが、猪牙舟の発着場所は、半町（およそ五十五メートル）ほど突端のほうに行ったところにある。

料亭の船には、板を渡して、そこを歩いて乗りこまなければならない。

桟橋《さんばし》だが、幅は一尺ほどしかなく、長さは五間（およそ九メートル）ほどあり、あいだに支えの橋桁《はしげた》が架かっている。海面からの高さは、塩の干満によって違うが、干潮のときは二間（およそ三・六メートル）以上になる。

客がここを渡るときは、竹竿《たけざお》を渡して手すりにすると同時に、店の者が手を引いてやる。それでも恐怖心は湧くが、それがまた、この料亭の売りにも、話題のネタにもなっているのだった。

だが、店の者がここを渡るときは、手すりなど渡さず、誰か手を引いたりもしない。みな、ぽんぽんと調子よく、行き来している。

もちろん女将のおりくも、子どものときからここを渡り慣れている。怖くもなんともないし、落ちたこともない。

この朝も、おりくはいつものように小走りに、桟橋を渡りはじめた。

ちょうど背後になる東の空から、朝陽がのぼりきって、料亭になっている屋形船全体を照らしている。

船は三年前に、ひとまわり大きなものに造り替えた。繁盛しすぎて、客を断わることも多くなっていたからである。

――あたしはやっぱり商売に生きよう。

と、おりくは思った。

あんなくだらない男に入れあげてしまった。向こうは遊びだってことは、わかりきっているじゃないか。それなのに、嫁になるだの、婿に来てもらうなんてことまで夢見てしまった。

――ほんと、馬鹿だった。

鏡師の鏡市にも当たり散らしたりして、すまないことをしてしまった。鏡市はほんとに腕のいい鏡師で、この七、八年は鏡市の鏡ばかり愛用してきた。友達にも三枚ほどわけてあげたくらいなのだ。

それなのに、あのときはカッとなって、鏡を投げつけたりして、本当に怪我をしたかもしれない。もしそうなら、もちろん治療費は出してやるし、新しい鏡の二、三枚は買ってやらないといけないだろう。

たしか鏡市は独り者だった。いい鏡をつくりたくて、こつこつ努力を続ける職人気質《かたぎ》の男。

あたしはどうして、ああいう男に惚《ほ》れなかったのだろう。あんな、見た目と口のうまさだけの男に惚れたりして……。

これからは、男を見る目も考え直さなきゃ……。

そんなことを考えながら、桟橋のなかほどまで来た。

そのときだった。屋形船の脇にいた小舟の上から、強烈な光が、おりくの目に飛びこんできた。

「あっ」

光は、目をそむけようとするおりくの顔を、執拗《しつよう》に追いかけてきた。

ギラッ、ギラッ。

と、粘りけすら感じる強い光が、おりくの目元から離れない。手をあてて防ごうとしても、指の隙間《すきま》から入りこんでくる。

「なにするんだい！」

おりくは叫んだ。

こんなことをされたのは初めてである。顔をそむければ、足が止まって、動けなくなってしまう。振り向いて舟宿のほうへ引き返したいが、それには板の幅が足りない。

――眩《まぶ》しい……。

目のなかで、緑や紫やさまざまな色が乱舞する。

耐えきれず、視線を下に向けた。すると、そこには、思わぬものがあった。

「やだっ」

思わず裾《すそ》を押さえてしゃがみこんだとき、均衡《きんこう》を失い、おりくは真っ逆さまに下へ落ちた。

頭を打ち、気が遠くなった。ざぶざぶと潮が満ちてきている。着物が濡れる。満ちてきた潮と一緒に、小舟が近づいてきた。竹竿が伸び、おりくの身体を岩の凹《へこ》んだあたりに押しつけてきた。

顔が海水に浸《つ》かる。苦しさは感じたが、すぐにおりくは、なにもわからなくなっていった……。

三

女将の遺体は、それからしばらくしてやってきた、道をはさんだ寮《りょう》に住む千代松という若い板前が見つけ、番屋に報《しら》せた。

北町奉行所から、中間《ちゅうげん》を連れた同心がやってきたのは、一刻（およそ二時間）ほど経ってからのことだった。

番屋の町役人と話をする同心を、舟宿の窓から見ながら、

「ねえ、千代松さん。あの人は、いつもここらをまわっている同心じゃないね」

と、仲居が言った。

「ああ、なんだか頼りなさそうだな」

千代松もうなずいた。

「なに、あの頭？　おかしな頭」

「うん。中身もこんがらかっちまってないといいけどな」

「きっと、ろくろく調べないで、事故ってことにしちまうよ」

「まあ、おれも事故とは思うんだが、女将さんがあそこから落ちるかね。目をつむったって、渡れたんだぜ」

「そうなんだけどさ」

同心は、町役人と話を終え、この舟宿のほうにやってきた。

「どうぞ、お入りになって。遺体は、こっちの岸に引きあげてありますので」

と、町役人が案内する。

顔を出した千代松を見ると、町役人は、

「ほら。おまえも来て、ご説明申しあげろ。こちらは、北町奉行所の臨時廻《りんじまわ》り同心・亀無剣之介《かめなしけんのすけ》さまだ」

と、顎《あご》をしゃくって言った。

「どうぞ、よろしくお願いします」

千代松と仲居は頭をさげた。

「あ、うん、頼むよ」

亀無は、しょうがなくて来たというふうに、うなずいた。

実際、一報を受け、北町奉行所から中間の茂三《しげぞう》と一緒にここまで来る途中、

「事故か、殺しかわからねえんだろう。事故であってほしいよなあ」

と、愚痴《ぐち》りながら来たのである。

ほんとに人はなぜ、殺しあったりするのだろうか。人を殺して、そのあといい思いをするなんてことは、ほとんどないはずなのである。

たいがいは捕まってきつい裁きを受ける羽目になるし、万が一、捕縛を逃《のが》れても、一生、追われ続けているような恐怖や焦燥感からは逃れることはできない。罪の意識にも苛《さいな》まれるはずである。

だから、亀無はこのところ自分を狙《ねら》っているやつらにも言ってやりたい。

もう、やめようよと。おいらなんか殺すことより、ほかにやることがあるでしょうと。

「あれです」

と、町役人が指差したところに、筵《むしろ》をかけられた女の遺体があった。

手を合わせ、筵をめくった。

まだ若いし、むっちり肥えて健康そうである。

「千代松。女将さんを見つけたときのことを説明しろ」

と、町役人が言うと、

「はい。女将さんはそのあたりに浮かんでました」

千代松が指を差したところは、岸から二、三間くらい離れたあたりである。

「そのあたりにね」

上げ潮どきで、沖には持っていかれなかったのだろう。

「たぶん、桟橋から落ちたんじゃないかと思います」

「じゃあ、事故だな」

と、亀無が立ちあがって引き返そうとすると、

「待ってください。女将さんが落ちるわけないんですよ。誰かに落とされでもしないかぎりありえないですよ」

千代松はあわてて言った。

「でも、はずみってのがあるからな。それで、落ちて溺《おぼ》れたんだよ」

「いや、溺れるはずもないんですよ」

「そうなの？」

亀無が、遺体の腹を押すと、げぼっと水を吐いた。

「ほら、やっぱり溺死だよ」

「おかしいですね。女将さんは泳ぎがうまかったんです。子どものころは、海女《あま》になりたかったくらいだと言ってましたから」

「へえ」

女で泳げるのは珍《めずら》しい。それなのに溺死してしまった。

いちおう、身体に傷がないか、確かめることにした。

――ん？

髷《まげ》でわかりにくかったが、頭の前のほうに大きなコブができている。

殴られたように、見えなくもない。

「頭を打ってるね」

「え？　そうですか？」

と、千代松ものぞきこみ、

「ほんとですね。じゃあ、朝、引き潮になっていたから、岩場が出ていたんでしょうね。落ちたはずみでぶつけたんだ。ということは、やっぱり落ちて頭を打ち、動けなくなっているうちに潮が満ちてきて、水を飲んだんですね」

「いや、違うな」

亀無は憂鬱《ゆううつ》そうに言った。

「違うんですか？」

「だって、これ、岩でできたコブじゃないよ」

「そうなので」

「岩のごつごつしたところに当たったら、皮膚は破けて血が出てるはずだぜ。でも、これは皮膚に傷がない。ただのタンコブで、岩に当たってできたものじゃないよ」

「じゃあ、棒かなにかで殴られたってことですか」

「たぶんな」

「そうなんですかあ」

亀無は、これはやっぱり事故じゃなさそうだと思った。

がっかりである。

「近頃、女将さんに変わったことはなかったかい？　たとえば、誰かに脅迫されているとか」

「脅迫されてるなんてことはなかったと思いますが、ただ、この数日は、元気がなかったですね」

「身体の具合でも悪かった？」

「いや、たぶん、男のことだと思いますよ」

「男？　女将さんは、亭主持ちじゃないんだ？」

「ええ。十八でこの店を継いでから、ずっと独りです。でも、どうもいい男はいたみたいです。うちは、四のつく日は休みなんですが、その日はどこかに泊まってきたりしてました。化粧も念入りに出かけていきましたよ」

「なるほど」

死に顔から判断するに、器量は並みといったところである。が、こういうのっぺりした顔は、化粧によってかなりの美人に変身したりするのだ。

「でも、三日前の十四日は泊まらずに帰ってきて、ふさぎこんでいたんです。泣いたような跡もありましたから、あれは振られたなと噂《うわさ》してたんです」

「じゃあ、失恋の痛手《いたで》で、夜中に飛びこんだんじゃないの？」

「いやあ、痛手はあっても、この店を残して死んだりはしないでしょう。この店を誇りにしてましたし、もっと大きくするというのは口癖《くちぐせ》でしたから」

千代松がそう言うと、

「そうだったね」

と、町役人もうなずいた。

「ふうん」

と、亀無は建物や周囲を見まわした。

舟宿は、よくある造りで、二階が客間になっているのだろう。下は台所と、女将の住まいになっていたようである。

裏庭があり、海辺に大きめの屋形船が繋留され、桟橋が渡されている。そちらが、料亭として使われているらしい。

「それで、店で働いていたのは？」

亀無は、千代松を見て訊《き》いた。

「ええ、あっしが板長で、もうひとり、寛治って板前がいます。腕はいいんですが肝《きも》っ玉《たま》の小さい野郎で、女将さんの遺体を見たら、身体の力が抜けちまったみたいで。おい、寛治！　こっちへ来い！」

千代松が舟宿のほうに向かって怒鳴ると、二十歳過ぎくらいの、背丈こそあるが、気の弱そうな若者が顔を出した。

「あんたたちは、ここには泊まってないの？」

「ええ。向かいっ方に、あっしらの寮がありましてね。そこに板前ふたりと、船頭がひとり、それに仲居と女中の五人が住みこんでいるんです」

「昨夜は？」

「昨夜は舟宿の泊まり客もなかったので、料亭の客が引けたあと、四つごろには、みな寮のほうに戻っていたと思います」

「あとで、全員の話を聞かせてもらうけど、女将さんを恨んでたような人はいないよね？」

亀無は、上横目遣《づか》いになって訊いた。

「いませんよ。ときおりカッとなったりする人でしたが、すぐに機嫌を直すのはわかってましたし、給金などでもよくしてもらってましたからね」

「そうなんだ」

「それに、舟宿の門《かんぬき》を内側から閉めると、誰も入れなかったですし」

千代松は、後ろめたいことはいっさいありませんという顔で言った。

「それで、相手の男ってのは、ここには来てなかったの？」

「ええ。客に知られるのが嫌なのか、もしかしたら名の知れた人が相手だったのかもしれませんよ」

「名が知れたというと……？」

「相撲取《すもうと》りとか、役者とか」

「戯作者《げさくしゃ》とか？」

「戯作者はないでしょう。あの人たちは、だいたい見た目が悪いでしょう」

「そうかもな」

「女将さんは、面食《めんく》いでしたから」

「そうなんだ」

見た目に自信がない亀無としては、あまり嬉《うれ》しい話ではない。

「それで、料亭なんだけど、行くにはこの栈橋を渡るしかないの？」

亀無は、栈橋を眺《なが》めながら、千代松に訊いた。

「そうなんですよ」

「客にも、ここ渡らせるの？」

「これがうちの売りにもなってるんですよ。もっとも、客に渡らせるときは、竹竿をつないだ手すりを渡して、さらに、誰かが手を引いてやるようにしてるんです」

「だろうな。おいらも渡ってみるから、手すりやってくれよ」

「わかりました。じゃあ、ちょっと鍵《かぎ》を開けますので」

千代松は鍵を取ってくると、桟橋をスタスタと渡って、屋形船のほうからこちらに竹竿を伸ばして寄こした。それを岸に立ててある、ふた股《また》の棒に乗せるだけである。

「なんで、いつもこうして置かないんだい？」

「あっしらは、こんなのがあると、かえって邪魔くさいんですよ」

「そういうものかね」

手すりをつかみながらでも、かなり怖い。

「手を引きましょうか？」

千代松が笑いながら訊いた。

これで本当に手を引いてもらったら、姥捨《うばす》て山《やま》に向かう年寄りみたいな気になってしまうだろう。

「いや、いいよ」

と、意地を張って、なんとか渡り終えた。

それから、料亭のなかを眺める。意外に広くて、畳敷きにすると、二十畳ほどありそうである。客は、座布団に座って、人数によって衝立《ついたて》で間仕切りをつくるらしい。

ざっと眺めて、

「じゃあ、舟宿のほうも見せてもらうか」

と、栈橋を岸に引き返した。

「ここが女将さんの部屋です」

と、千代松が帳場《ちょうば》の裏の、六畳間を見せてくれる。

「なんか、その火鉢《ひばち》のところに、もう女将さんが座ることはないと思うと、変な感じです」

千代松の目にうっすら涙が光っていた。

押入れを開けると、布団のほか、柳行李《やなぎごうり》がふたつほど。わざわざ開けるまでもなさそうである。茶簞笥《ちゃだんす》の引き出しを開けてみると、金子《きんす》が無造作《むぞうさ》に入れてあり、小判も数枚あった。物盗りの仕業《しわざ》ではない。

もうひとつの簞笥の上に仏壇があり、上には神棚もある。商売繁盛と書かれた熊手《くまで》は、ずいぶん大きなものだった。

ざっと見てから、

「あれ？」

と、亀無は首をかしげた。

「どうかしましたか？」

町役人が訊いた。

「いや、なにか、おかしいんだよ」

「おかしい？」

「うん。なんなんだろうな」

しばらく部屋をぐるぐるまわっていたが、

「あ、そうか」

と、亀無は手を叩いた。

四

鏡師の鏡市は、仕事場で一生懸命、粘土《ねんど》をこねていた。まだ、右の中指が痛むので、おもに左手と、右手は手のひらのところだけを使うようにしていた。

――今朝の殺しは、ばれるわけがない。

と、鏡市は自信があった。

殺しを実行する前に、何度も周囲を見まわしたし、終わってからはなおさらである。誰も見ていた者はいなかった。それは間違いない。

しかも、現場に殺しの道具も残していないし、だいいち、あれが殺しの道具になるとは、誰も思いつかないだろう。

――女将はどう見たって、桟橋から落ち、溺れて死んだのだ。

そう言い聞かせながら仕事を続けていると、仕事場の前に、町方同心の姿をした男と、やけに背の高い、六尺棒《ろくしやくぼう》を持った中間が立っているのに気づいた。

鏡市は、心ノ臓をつかまれたような衝撃を覚えたが、素知らぬ顔で粘土をこね続けた。

ちらりと見る同心は、なにか変である。なにが変なのか、最初は気づかなかったが、何度かちらちら見るうちに、髪の感じがおかしいのだとわかった。

町方の同心はみな、小銀杏《こいちょう》と呼ばれる、小さくてすっきりした髷を結っている。

だが、あの同心の頭は、毛がぽしゃぽしゃとして、横にふくらんでいる。

——ほんとに町方の同心なのか？

とは思ったが、訊くわけにはいかない。

しらばくれて仕事を続ける。

鏡の後ろには、富士《ふじ》の姿を浮き彫りにさせた。それも、できるだけ単純なかたちで、だが、誰が見てもひと目で富士とわかる。

ごてごてとした文様《もんよう》のほうが鏡らしいかもしれないが、こういうほうがお洒落《しゃれ》なのだと、鏡市は思っている。

鏡市のこうした趣向をいちばんわかってくれたのは、いま思えば朝陽丸の女将だった。ほんとに、振られたことを鏡のせいになどしなかったら、おれのいちばんのお得意先でいたはずなのに、なんともくだらない事態になってしまった。

同心はまだ、こっちを見ている。

どうも、自分を見張っているというより、鏡をつくる仕事そのものに興味を抱

いたらしい。しばらく眺めてから、

「ちっと、いいかな？」

同心は、やっと声をかけてきた。

「え？　ああ、どうも。なにか？」

鏡市は、とぼけた顔で訊いた。

「ここは、銅鏡をつくっているんじゃないのかい？」

「つくってますよ」

「でも、それ、粘土だろ？　粘土で銅鏡ができるの？」

鏡市は思わず笑ってしまい、

「いいえ。これで鋳型《いがた》をつくるんです。それで、できた鋳型に溶かした青銅を流しこむんですよ」

と、言った。

「なるほど。それで、青銅はどこにあるの？」

「本来は、銅と錫《すず》を混ぜあわせてつくるんですが、あっしは古くなった青銅器とか、銅器とか、錫の皿とかを、溶かしてつくり直すんですよ」

それらの材料を入れた木箱を指差した。

「溶けるの？」

「そこのふいごを使えば溶かせます。青銅は鉄などより簡単に溶けますよ」

「そうなんだ」

「でも、青銅の鏡をつくっても、そのままではきれいに映りません」

「あら、映らねえの？」

「ええ。表面をきれいに磨いてから、薄い膜《まく》をつくるんですよ」

「膜？　どういう膜？」

「そこはいろいろ秘密なんですが、明礬《みょうばん》や水銀、錫などを混ぜたものを塗って、それから焼いて水銀を飛ばすんです。すると、銅鏡に錫の薄い膜ができましてね。これをまたきれいに磨きあげると、鏡ができるってわけなんです」

「なるほどねえ。だったら、粘土ももっと簡単なかたちにしたほうがいいんじゃないの？　なんだか、裏に富士の山みたいな文様をつけてるだろ？」

「ああ、なるほどね。まあ、しょせん鏡は、お洒落の道具でもあるんでね。できるだけ洒落たものにしたほうが、喜ばれるんですよ」

「そういうことか」

と、同心はうなずき、仕事場のなかに入ってくると、

「朝陽丸の女将のおりくが殺されたよ」

と、言った。

「え、そうなので」

「知らなかった？」

同心は、鏡市をじいっと見て訊いた。

「知りませんよ。いつですか？」

「今朝」

「そうなので」

「船と陸のあいだに架かっていた桟橋から、落ちたみたいなんだ」

「じゃあ、事故だったんですね」

「でも、おいらは殺しと睨んだんだよね」

同心は、そう言って、仕事場の棚に並べておいた銅鏡のひとつを取り、自分の顔を映しはじめた。頭の後ろを見たときは、

「なんだ、この頭は？」

などと、つぶやいたりもした。

「それで、旦那はどちらのお人で？」

鏡市は震えそうになる声を押さえて訊いた。

「ああ、申し遅れたな。北町奉行所の亀無っていう者だよ」

「亀無さまは、なんで、あたしのところへ？」

「うん。ちっと、女将の部屋が変だったんでな」

「変？」

「部屋にも、二階のどこにも、鏡がなかったんだよ」

「そうなので？」

「女がだぜ。しかも料亭の女将が、手近なところに鏡を置かないのって変だろう？」

「ええ、まあ」

「それで女中に訊いたら、一昨日、鏡師の鏡市さんが来ていたと言ってたんでね」

「はあ」

「もしかしたら、磨き直すのにあずけたのかなと思ってさ」

「いや、あずかってなんかいませんけど」

「おりくの鏡はつくったんだろ？」

「つくりました」

「いくつくらい？」

「あたしの鏡を気に入ってくれてましたので、そうですね、いままでに七つほどはつくりましたか」

「七つも？」

「でも、そのうちひとつは、小さな手鏡です。それと、あと三つは友達にあげてしまったと言ってましたね」

「それでも三つ、残ってるよな」

「そうですよね。女将さんの部屋と、料亭のほうと、それと帳場のところに置いていたみたいですが」

「なるほど。でも、それが、なんでないんだろうな」

「それは、あたしにはわかりません」

「そうか」

と、亀無はうなずき、

「邪魔したな」

そう言って、帰っていった。

鏡市は、後ろ姿を見送りながら、

──おれを疑ったようには見えなかったが……。

と、思ったが、膝《ひざ》がガクガクするのを押さえることはできなかった。

五

「なんか手がかりが見つかるといいんだけどな」

亀無は、歩きながら、茂三に言った。

「そうですね」

「あそこで働く連中は、みな下手人には見えなかったしな」

「ええ。だいたい舟宿の戸は、女将さんがなかから開けないと、あの連中も入れなかったんでしょう?」

「まあな」

「それに、女将さんが亡くなって、得するやつもいないみたいですしね」

「そうなんだよ。どうも、あの店はまだ十六くらいの姪《めい》のものになるらしいしな。消えた鏡が手がかりになるかと期待したけど、そうでもないみたいだし」

亀無は、イライラしたように髪を掻《か》きむしった。すると、もしゃもしゃしていた頭はさらにひとまわりふくらんだ。

「そこだな」

と言って、亀無が立ち止まったのは、髪結《かみゆ》いの店である。

ここのおみねという髪結いは、おりくと親しく、髪もここ以外では結わないと、仲居から聞いたのだった。

「ごめんよ」

と、亀無は戸を開けてなかに入った。

「あら、町方の旦那」

「おみねさんかい？」

「ええ」

客はおらず、おみねは鏡を見ながら、ぼんやりしているところだった。

「じつはさ……」

亀無が言うより早く、

「おりくさん、亡くなったんですってね」

「もう知ってたの？　まさか、あんたがやったんじゃないよね？」

「勘弁してくださいよ。さっき、うちのお客から聞いたんですよ」

髪結いだの湯屋《ゆや》だのは、町の噂が集まるところなので、早くも知ったとしても不思議はないのだ。

「冗談だよ」

「まったく脅かすんだから。あたしだって、がっかりですよ。誰がやったんですか？　早く捕まえてくださいよ」

「そりゃあ、捕まえるけどさ。付き合いは長いのかい？」

「もう十年近い付き合いですよ。客というより、いい友達だったんですから」

「もしかして、その鏡、おりくからもらった？」

亀無は、おみねの前にある鏡を指差して、訊いた。

「あ、もらいました。これがそうですよ」

「へえ」

「いい鏡ですよ。映りがいいんです」

「鏡市ってのがつくったんだろ？」

「あ、そうです」

「でも、おりくの部屋から鏡がなくなっていたんだよな」

「鏡が？　まさか、それが欲しくて、おりくちゃんを殺したんですか？」

「それはないと思うけどね。ま、鏡のことはともかく、板前たちに訊いたら、おりくには、いい男がいたんだってね」

「そうですね」

おみねは、それを訊くんですかというふうにうつむいた。

「知ってるのかい、相手を?」

「そりゃあ、おたがい、なんでも話してましたから」

「有名なやつ?」

「有名ってほどじゃないと思いますよ」

「まさか、戯作者じゃないよね」

「なんで、戯作者ですか。おりくちゃん、戯作なんか読まなかったですよ。役者です」

「やっぱり役者かあ。誰?　団十郎《だんじゅうろう》とか勘三郎《かんざぶろう》とか?」

と、亀無は訊いた。役者はそれくらいしか知らない。しかも、上が、鈴木《すずき》なのか、斎藤《さいとう》なのか、それすら知らない。

「中村桃十郎《なかむらももじゅうろう》っていうんです。いちおう、中村座に出てる役者ですよ。おりくさんはもうベタ惚れで、お店が休みの日はかならず、猿若町《さるわかちょう》のほうへ行ってましたから」

「役者に惚れたって相手にされないだろうよ」

「それが、できてたんですよ」

「へえ」

「でも、振られたみたい」

「そうなの」

「おりくさん。八つ当たりしなきゃいいけど、と思っていたんですよ」

「八つ当たりするの？」

「ええ」

「でも、恨むとしたら、振った相手だよね」

「まあ、そうですよね。でも、おりくさんは身近な人には当たらず、とんでもないところに当たったりする人なんですよ」

「そうなの。たとえば？」

「この前、再会した幼馴染《おさななじ》みに振られたときは、仕込み先の魚屋に当たって、秋《さ》刀魚《んま》を撒き散らしたこともありました」

「そうなのか」

「でも、今度のは、惚れっぷりが前とは桁違《けたちが》いでしたからね、やっぱり桃十郎を憎むのが普通ですよね」

「だよな」

と、亀無はうなずき、茂三を見た。その、中村桃十郎とやらに会いにいかなければならない。

引きあげようとすると、

「ねえ、旦那。その頭、なんとかしてあげましょうか？」

と、おみねは遠慮がちに声をかけてきた。

「なんとかって？」

「無茶苦茶《むちゃくちゃ》になってますよ。縮《ちぢ》れっ毛なんでしょ。伸ばせますよ」

「そんなこと、できるの？」

「できますよ。熱くしたコテを当てれば伸びますよ」

「火傷《やけど》するだろうが」

「大丈夫ですよ。ちゃんと、肌には当たらないようにしますから」

剣之介は一瞬、気持ちが動いたが、

「いいよ。おいらは、そんなことしてる場合じゃねえんだ」

「そうですかあ。なんか、それじゃあ、仕事にも差し支《つか》えそうだから」

と、おみねは、ほんとに心配してくれているみたいに言った。

六

亀無と茂三は、浅草《あさくさ》の猿若町にやってきた。

すでに夕方になっている。

この町には、江戸三座と呼ばれる芝居小屋が軒《のき》を並べ、ほかにも見世物《みせもの》小屋や芝居茶屋、土産屋《みやげ》などもあって、同じ浅草でも、浅草寺《せんそうじ》裏の奥山《おくやま》とは、また雰囲気の違う、大歓楽街になっている。下手《へた》をすれば、この刻限だと、人出もこっちのほうが多いかもしれない。

「ここが中村座か」

と、亀無は頭上の看板を眺めた。

役者の名前がずらりとならんでいる。いわゆる大看板《おおかんばん》の役者にはいない。大きくないほうの役者の、右から十番目に、「中村桃十郎」の名があった。

やはり、看板を見あげている四十くらいの、お店者《たなもの》ふうの男がいたので、

「中村桃十郎って知ってる？」

と、聞いてみた。

「ああ、まあね」

「どういう役者？」

「あっしに言わせりゃ、伸びそこないの役者ですね」

「伸びそこない？」

「二十三、四のころ、こいつは伸びるかなと思ったんです。贔屓《ひいき》もけっこうついたんじゃないですかね。でも、そこから伸びないね。もう三十なかばでしょ。まあ、首《くび》にはならないでしょうが、大役はつかないね」

「そうか」

「おっと、ご親戚かなにかで？」

「いや、違うよ」

「町方《まちかた》の旦那でしょ？　なにか、やらかしました？」

「そういうんでもねえのさ。じゃあな」

しつこく訊かれそうだったので、逃げるように、建物の横のほうからなかへ入った。今日は興行はしておらず、稽古中かなにからしい。

近くにいた若い役者らしい男をつかまえ、

「中村桃十郎に会いたいんだ」

と、声をかけた。

「ええと、桃十郎兄さんはと……」

舞台の上を見た。

稽古がおこなわれ、役者が大きな蝦蟇《がま》の上に乗っていて、そのまわりに町方に扮《ふん》したらしい連中が、

「御用だ、御用だ」

などと言っている。亀無は、一緒に叫びたい気持ちを、苦笑してこらえた。

「舞台にはいませんね。楽屋でしょう。どうぞ、こちらへ」

と、案内された。

白粉《おしろい》くさい部屋のなかに、切支丹《きりしたん》らしき扮装をした男がいて、

「桃十郎兄さん。町方の旦那が」

声をかけられると、怪訝《けげん》そうな顔で、

「町方の？」

と、立ちあがって、こっちにやってきた。

「人殺しも、かっぱらいもやってませんぜ」

桃十郎は、少し気を悪くしたような顔で言った。

「あんたが桃十郎かい」

亀無は顔を近づけた。

そばで見ると、さすがにそこらにいる男よりは、はるかにいい男である。

そんなに目鼻立ちが整っているとは思えないが、いかにも磨いています、きれいでしょ、という雰囲気が漂《ただよ》うのだ。

こういうのが、人から見られている男なのだろう。

――おいらなんか、悪党くらいしか、じっくり見てくれねえしな。

ひがむ気持ちを押さえ、さらに観察する。

髭《ひげ》もないし、眉《まゆ》も手入れしているらしい。鼻の穴をのぞいてみたが、そこもよく手入れしていて、鼻毛一本すら見えない。もちろん、髪の毛はまっすぐである。

――やっぱり髪の毛は大事だよな。

と、痛感してしまう。

じろじろ見られて気味が悪くなったのか、桃十郎は顎を引き、

「なんなんですかい？」

と、訊いた。

「舟宿のおりくだけど、知ってるよな？」

「ええ。あたしを贔屓にしてくれましたからね」

「ただの贔屓だったのか？　それとも、役者ってのは、贔屓の女なら誰でも牙《きば》で嚙《か》んだりしちゃうわけ？」

「どういう意味ですか？」

「つまり、いい仲だったんだろ？」

「以前はね」

桃十郎は、鼻で笑った。

「振ったんだ？」

「それがなにか？　女を振ると、町方の同心さまが調べに入るんですか？」

「おりくは死んだよ」

「ええっ」

眉をひそめ、亀無を見返した。この驚きようは、芝居には見えない。もしこれが芝居なら、「もっと目をひんむけ」とか言われるだろう。

「しかも、殺されたみたいなんだ」

振った男が、相手を殺すというのは考えにくいが、もしかしたら、しつこくつきまとわれ、うんざりしたのかもしれない。

「あたしじゃ、ありませんよ」

桃十郎は泣きそうな顔で言った。

「今朝、朝陽があがるころ、どこにいた？」

「もう、稽古がはじまってましたから、ここにいましたよ」

「ま、いちおう訊いただけ」

亀無がそう言うと、

「脅かさないでくださいよ。それにしても、びっくりですね」

「でも、おめえはやらなくても、おめえの新しい女がやったかもしれねえだろ。おりくの代わりは誰だい？」

「やるわけないですよ。あたしが、おりくと付き合っていたなんて、知りませんから」

「だが、誰かから聞いたかもしれねえだろうが。誰だよ？」

亀無はしつこく訊いた。

「内緒ですよ」

「わかってるよ」

桃十郎は、亀無の耳に口を近づけ、

――むにゃむにゃ。

と、小声で言った。

「ええっ」

亀無が驚く番である。誰でも知っている大店《おおだな》の女将さんだった。

たしかに、その女だったら、おりくなんて相手にならないだろう。

「そりゃあ、捨てるわな」

と、亀無は冷たく言った。

その女だったら、升席《ますせき》も満員にしてくれるだろうし、袂《たもと》に入れてくれるおこづかいも、桁が違うだろう。

「おりくには言ったのか？」

「言ってませんよ」

「だったら、すんなりは別れねえだろう？」

「だいぶ、ごねましたがね」

「なんと言って、別れたんだよ？」

「それは苦労しましたよ。あまり傷つけたくはなかったですしね」

「悪口言ってまわられると困るしな」

「いや、まあ、そういうことじゃなくて」

「だから、なんと言ったんだ？」

「化粧が分厚いからと」

「化粧が分厚いから？」

「そういう派手な女とは、所帯は持てないっていうことにしたんですよ」

意外な理由である。そんなことを言われて、おりくも驚いたのではないか。

「化粧なんざ、自分にどうにでもできることだろうよ」

と、亀無は言った。

「そうですよ。でも、顔立ちが嫌だとか、氏育《うじそだ》ちが気に入らないとか言ったら、どうしようもないから、傷つくでしょう」

「でも、これからは化粧を薄くすると言うだろうが」

「言いましたよ。でも、もう遅いと。あたしの気持ちは離れちまったと言えば、どうしようもないでしょう。それで、押しきったんです」

「へえ」

亀無が啞然《あぜん》としていると、

「じゃあ、あたしは稽古がありますので」

と、桃十郎は舞台のほうへ行ってしまった。

七

暮れ六つ過ぎに、亀無と茂三は、八丁堀の役宅へ戻ってきた。すると、家には隣の松田《まつだ》家から志保《しほ》が来ていて、おみちの相手をしてくれていた。

志保は、嫁に行った大高《おおたか》家から出戻ってきている。まだ、正式には離縁していないが、ほとんど修復は難しいらしい。

そんなときなのに、だんだん亀無家に来ている時間が増えている気がする。もちろん、それは亀無には嬉しいけれど、向こうの大高家のほうはどういうことになっているのだろう。しかし、亀無はそれを訊くことができずにいる。

おみちは、鏡の前に座っていた。

「なんだ、鏡なんかのぞいて。そんなに自分が可愛いか？」

と、亀無が笑いながら声をかけると、志保はそっと亀無を叩き、

「あんまりからかっちゃ駄目よ。女の子は傷つきやすいんだから」

と、言った。

「あ、そうなのか」

「とくに、容姿のことは言わないで」

「わかったよ。でも、あの鏡、あまり見えてなかったのでは？」

亀無は鏡などのぞいたりしないので、ずっと埃《ほこり》をかぶっていたはずである。

「うん。なので、今日、鏡研ぎに来てもらって、研いでもらったの」

「鏡市に？」

思わず、そう訊いた。

「鏡市って誰？」

「あ、違ったか」

「いつもこのあたりをまわっている鏡研ぎに頼んだのよ」

「そうなの」

「ついでにあたしのもやってもらったから」

「へえ」

「それはそうと、いま、うちに一蔵《いちぞう》叔父さんが来てるの。剣之介さんも、会ったことあるわよね？」

「ああ、いちから叔父さん？」

「そう、そう」

「まだ御書院番《ごしょいんばん》を？」

「ええ、まだ、お勤めになられてるわよ」

御書院番とは、小姓組《こしょうぐみ》とともに将軍の親衛隊といってよく、旗本にとっては花《はな》形《がた》の役職のひとつである。将軍に近いというので、御書院番に嫌われたり、目をつけられたりしないよう、多くの旗本たちは気を遣《つか》っている。

松田重蔵《じゅうぞう》が、誰に対しても言いたいことを言えているのは、町人に絶大な人気があるのと、言うことが私欲のない大正論であるのに加え、この叔父が背後にいるおかげもあるのではないか。

もっとも、松田重蔵の発言力が強いせいで、あらぬ反感を買い、亀無だってそのせいで、命を狙われたりしているのだが。

「気性も相変わらず？」

と、亀無は訊いた。

「まるで相変わらずよ。しかも、兄は一蔵叔父さんをいまだに尊敬してるから」

「そうなんだ」

その一蔵叔父さんは、森本《もりもと》一蔵といって、松田家から森本家に養子に行ったのだが、松田重蔵とは歳もふたつしか違わず、しかも見た目がよく似ていて、剣之介は子どものころ、たまに遊びにきているところに出会ったりすると、区別がつかず、ずいぶんおかしなことになったりした。

その森本一蔵の口癖は、

「一からやらないと駄目だ」

というもので、とにかく基本の基本、何事も第一歩を大切にしろというのだ。

それで、志保と亀無がつけた綽名《あだな》が〈いちから叔父さん〉だった。

たぶん、松田重蔵もしばらくはその口癖がうつってしまっているに違いない。

「ところで……」

と、亀無は志保に訊いてみることにした。

「調べにからんで、志保さんに訊きたいことがあるんだけど」

「うん、どうぞ」

「女の人の化粧が分厚くなるときって、どんなとき?」

「そりゃあ、相手にきれいに見られたいときでしょ」

「だよね。でも、それが別れる理由だって告げられたら？」

「化粧が分厚いのが、別れる理由？」

「うん。歌舞伎役者なんだけどね、女と別れるというか、捨てる際に、化粧が分厚い、派手な女とは所帯が持てないと言ったんだってさ。もちろん、ただの言いわけなんだけど」

「ひどい！　それは可哀相《かわいそう》よね」

「うん。可哀相だと思う。すると、女はどうなる？」

「もう、薄化粧にするから、捨てないでってすがるんじゃないの？」

「実際、そうしたってさ。でも、もう遅いと、冷たく拒絶されたんだ。そしたら、どうする？」

「どうするだろうね？　相手を憎むことができたら簡単だよね」

「でも、未練《みれん》があったみたい」

「となると……」

「よく、その人は八つ当たりをするんだって」

「じゃあ、あたしだったら、鏡のせいにするかな」

と、志保は言った。

「鏡のせい？　あ……！」

鏡が見あたらなかった理由が、いまわかった。おりくは、振られたのを鏡のせいにして、捨ててしまったに違いない。

八

翌朝――。

亀無は茂三とともに、またも現場にやってきた。

寮の前に、千代松や仲居たちが出ていて、なにか話しあっている。

「どうした？」

亀無は千代松に訊いた。

「どうも、舟宿と料亭を丸ごと買いたいという人が現われたみたいなんですが、あっしらがそのまま働きたいなら、いまの給金を半分くらいにすると言っているらしいんです。人殺しがあったところなんだから、しばらくは客足が落ちるのはわかりきっているからですって」

「ふうん」

「やっぱり、あの女将さんにはよくしてもらっていたんだと、いまさらながら思いますよ」

千代松は肩を落として言った。

「まあ、いつまでも下手人が見つからないと、あんたたちも困るだろうから、なんとか捜しだしてやるよ」

そう言って、亀無は舟宿のなかを通って、裏手の桟橋のところに出た。

女将の部屋は、桟橋のほうに窓がある。

目を細め、海面を眺めた。いまは潮が満ちていて、岩はほとんど見えていない。おりくが殺されたのは、もう少し前の刻限だった。

「おい、茂三。あそこを見てみな」

亀無が指差したあたりの海の底が光っている。

「なんですか？」

「鏡だよ」

千代松に頼んで、ここの舟を持ってきてもらった。

「ほら、そこ。潜《もぐ》れるかい？」

千代松に訊くと、

「大丈夫です」

と、すぐに着物を脱ぎ、裸になった。いまは六月（旧暦）なかば。海水も冷たくはない。それでも、いきなりは飛びこまず、いったん舟の縁につかまって水に浸かり、それから大きく息を吸って、なかに入った。

「どれくらいの深さなんだ？」

亀無は海をのぞきこみながら、岸にいる板前の寛治に訊いた。

「一間（およそ一・八メートル）くらいだと思います」

「けっこう深いな」

亀無は、足がつくところでないと泳げない。

千代松は、なかなか出てこない。

「おい、大丈夫か？」

「よく、息がもちますね」

茂三も感心して言った。

ようやく水面にあがってくると、しばらく激しく息を繰り返し、

「三つも捨ててありました」

と、鏡を見せた。

「ぜんぶ、おりくのか？」

「ええ。どれも見覚えがありますから」

「よし」

と、受け取って、ふたたび岸に戻った。

「鏡師の鏡市がここに来ていたのは、殺される前々日だったよな？」

亀無は、仲居に訊いた。

「そうです」

「その日は、外に出たかい？」

「いいえ。料亭の客が多かったですから、どこにも行ってません」

とすれば、ほかに当たり散らしたやつもいないはずである。

「あいつ、怪我してたよな？」

亀無は、茂三に訊いた。

「そうでしたっけ？」

「うん。指に白いものを巻いていて、作業するのにやるものなのかなと思ったけど、いま思えばそうじゃねえ。指に怪我してたんだ。もしかしたら、おりくに鏡をぶつけられたのかもしれねえな」

もし、そうだったら、殺意を覚えてもしかたがないだろう。

仲居や女中が、小声で「鏡市が下手人なの？」などと話す声が聞こえた。

「ふうむ」

亀無は、鏡市の仕事場を思いだしていた。いくつもの鏡が棚に飾られていた。

「それで、鏡を使って復讐したのかもな」

「鏡で？」

「うん」

と、うなずき、亀無は周囲を見まわした。

「朝陽がのぼるのは？」

「そっちですね」

千代松が後ろを指差した。ちょうど建物はなく、朝陽が海の向こうからのぼるのも見られるはずだが、料亭の船に向かうときは、背後から浴びることになる。

「でも、桟橋を渡る途中で、鏡を使って朝陽を当てられたら……」

と言って、

「そっちの船には誰でも入れるのかい？」

と、千代松に訊いた。

「いや、鍵が掛かってますからね。開けて入れるのは、鍵を持っていた女将さんだけですよ」

「じゃあ、誰も入れないのか」

「ええ」

「舟宿のほうは？」

「女将さんが朝起きるとすぐ閂を外しますから、そこまでは入れると思います」

だが、それでは、鏡で朝陽を顔に当てることはできない。

「じゃあ、やっぱり鏡ではなく、ただ、棒のようなもので殴りつけただけなのかな？」

「桟橋の上でですか？」

千代松は不思議そうに訊いた。

「うん」

「となると、この桟橋をかなり渡り慣れている者の仕業ですよね」

「だろうな」

「そんなやつ、いますかね？」

「いないか？」

「うちで働く者以外はね」

「ふうむ」

ここで働く者たちは、すでに疑っていない。

いったい、どうやっておりくを桟橋から落とし、さらに溺死させることができたのか。その方法がわからない。

九

亀無は茂三とともに、ふたたび麻布新網町の鏡市の仕事場にやってきた。

鏡市は、今日は作業をしておらず、店の帳場の前に座って客待ちをしているらしかったが、亀無の姿を見ると、

「これは旦那」

と、立ちあがった。

「いいんだ、いいんだ。ちっと、鏡を見せてもらおうと思ってな」

亀無はそう言って、棚に飾った鏡を眺めはじめた。

しばらく眺めてから、

「いろんな鏡があるんだな？」

と、訊いた。

「注文に応じてつくりますのでね」

「これはでっかいねえ」

奥に立ててある鏡を指差した。いちばん大きいものは、縦が五尺近い。

「ええ、呉服屋さんとかが買うんですよ。お客の姿見《すがたみ》です」

「なるほどな」

亀無は近づいて前に立ち、自分を映してみる。

「げっ。おいらって、こんなに珍竹林《ちんちくりん》なんだ」

背だって低くはないし、もっと、すらっとして見えるのかと思っていた。

ところが、頭がやけに大きく、小さな枝葉に馬鹿でかい丸茄子《まるなす》がなったみたいである。

「ほんとに、おいらか？」

亀無が思わず顔を近づけてそう言うと、鏡のなかに、茂三が声を出さずに腹を抱《かか》えているのが見えた。

亀無は気を取り直し、

「ところでな……」

と、店の上がり口に腰をかけ、

「おりくは、振られた男に化粧が濃いと言われたらしいぜ」

鏡市の顔をのぞきこんで言った。

「そうなので」

鏡市は、あまり表情がうかがえない。鏡に映った顔みたいである。

「それで、おりくは、鏡を海に投げ捨てていたんだよ」

「へえ」

「三つもだぜ。もしかしたら、鏡のせいにしたんじゃねえのかなと思ってさ」

「それは、八つ当たりか、逆恨みですよね」

「うん。おりくはもともと、八つ当たりとか逆恨みをしがちだったんだと」

「そうなんですか」

「もっとも、いっときだけで、すぐに謝ったりするらしいんだがな」

「………」

「おめえまで恨まれたんじゃねえか？」

「それはないでしょう」

「ところで、おめえ、手を怪我してるみてえじゃねえか？」

亀無は鏡市の右手を指差した。

「え。ちょっと、この仕事場で転《ころ》んじまったもんで」

「見せてくれよ」

「指をですか？」

「ああ」

鏡市は、亀無の目を見て、見せずにはおさまらないと思ったらしく、縛っていたさらしを、口を使って解《ほど》いていった。

「これですけど」

「ほう、ひどいな」

中指の付け根近くが腫《は》れあがって、どす黒くなっている。転んだだけでは、まず、こんなふうにはならない。

「鏡を持ってるときだったので、打ちつけてしまったんですよ」

「そりゃあ、大変だった。折れたんじゃねえのか？」

「痛いけど、動きますので、折れてはいねえと思うんです」

鏡市は、中指をさすりながら言った。

「ところであんた、おりくの鏡をつくるようになって、どれくらいになるの？」

「もう、七、八年になりますかね」

「だったら、おりくの暮らしぶりなんかも、よく知ってたんだろうな」

「いやあ、暮らしぶりなんか、聞いたことないですけどね」

「料亭に入ったことは？」

「ありませんよ。あそこは、けっこうなお代《だい》を取るみたいですよ。あっしみたいな職人が入れるところじゃありませんよ」

「そうか」

料亭には入っていなくても、暮らしぶりを知らないわけがない。鏡をつくって売るだけではない。磨くのにもあそこへ出入りしてきたのだ。

「なぜ、そんなことを？」

鏡市は、硬い表情で亀無に訊いた。

「なあに、おりくは朝、起きると、昼の支度《したく》をしたりするのに、まずは船に架けた板を渡って、なかに入るのが習慣になっていたらしいぜ」

「そうなので」

「おいらは、そのときに誰かが鏡で、おりくの顔を照らしたんじゃねえかと思うんだ。それで、おりくは眩しくて、桟橋から落っこちてしまった」

「そうなんですか？　そんなことやれるんですね」

「やれないかね？」

「さあ、あたしにはわかりませんね」

鏡市はそう言って、苦笑した。

鏡で顔を照らす。それは人殺しではない。ただの悪戯《いたずら》だろう。

十

鏡市の仕事場から、またおりくの舟宿に戻ってきて、

「おいらは、やっぱり鏡で照らしたんだと思うんだ」

と、亀無は茂三に言った。

「眩しくて落ちたんですね」

「でも、真向かいから鏡を当てることはできねえ。だから、おそらく舟を使ったんだ」

「なるほど」

「でも、そんなにうまく照らすことができるかね」

「やってみましょうよ」

また、ここの舟を借り、千代松たちにも手伝ってもらって、試すことにした。

亀無と茂三が舟に乗り、栈橋には千代松に立ってもらった。

お天道さまの場所は違っても、鏡の角度を工夫《くふう》すれば、千代松の顔に光を当てることができる。

「どうだ？」

亀無が舟の上から千代松に聞いた。

「眩しいですが、女将さんはこの栈橋を渡るのに慣れていたんですよ。眩しいくらいで、落ちますかね？」

「そうだよな」

と、亀無は考え、

「栈橋を揺らしたのかもしれねえな」

そう言って、栈橋の桁のところに舟をつけ、揺さぶってみた。

「どうだ？」

「ああ、いちおう揺れますが、そんなことをしている隙《すき》に、女将さんは船に逃げこんでしまうんじゃねえですか？」

「だよな」

「旦那。あっしがこんなことを言うのもなんですが、女将さんは鏡で顔を照らすくらいじゃ、桟橋から落ちたりはしないと思いますぜ。仲居や女中あたりならわかりませんが、女将さんは子どものころからこの桟橋を渡ってるんですぜ。足が止まるくらいのことはあっても、落ちることはないですよ」

千代松は、遠慮がちだが、自信たっぷりに言った。

「やっぱりそうか」

亀無はまたしても考えこんでしまう。


役宅に戻って、晩飯を食べ終えたところに、志保がやってきて、

「剣之介さん。兄が来てくれって」

「はい。ただいま」

もうそろそろだろうと思っていた。松田重蔵はせっかちで、数日もすると、下手人があがらないのに苛々《いらいら》してくるのだ。

「晩ご飯は？」

「うん。済ませました」

「いいわね。あたしたちは、これから兄が打った蕎麦《そば》を食べさせられるの」

「蕎麦を打ったんですか」

松田重蔵は、ときどき発作的に、なにか料理をつくりたくなるのだ。いままで最悪だったのは、ものすごく腰が強くて、太いうどんを食べさせられたときで、あのときは喉に詰まって、本当に死にかけたほどだった。

それが蕎麦になると、どんなことになるのか。

「でも、切るのが難しくて、結局は蕎麦団子《だんご》にしちゃったの。腰の強すぎる蕎麦を団子にしたら、どうなると思う？」

「いや、それはちょっと……」

想像がつかない。

部屋に入るとすぐ、

「お、剣之介。どうだ、例の〈女将転落殺人事件〉は？」

と、松田重蔵は訊いてきた。殺人事件とは耳慣れない言葉だが、松田重蔵の造語らしく、これから自分が手掛ける殺しはそう呼ぶことにしたらしい。

「はい。じつは……」

と、いままで調べたことから、手口について迷っていることまでを語った。

「なるほど。眩しいくらいじゃゃ、桟橋から落ちないとな。あたりまえだ。そんなこともわからないのか」

松田はすぐに言った。

かなり複雑な話でも一度で理解してしまう。そして、ただちに亀無が謎とすることを解きほぐしてしまう。

ただし、いままで当たったことは、いっぺんもない。

「もう、おわかりなので？」

「そなたは、一から考えないからわからぬのだ」

「一からですか」

やはり、一蔵叔父さんの影響から抜けだせないらしい。

だが、この殺しの一はなんなのだろう。

「わからぬのか？」

「はい」

「一は女心だろうが」

「ははあ」

亀無は膝を打った。それは珍しく鋭《するど》いかもしれない。

「女にとって鏡は、宝でもあり、神でもある」

「宝か、神……」

宝はあるとしても、神はおおげさではないか。

「その鏡に細工をしたのだ」

「細工を？」

「鏡というのは、でっぱりやへこみがあると、変なふうに映ることを知っているか？」

「ああ、そうみたいですね。鏡は平らじゃないと駄目だとは聞いたことがあります」

「うむ。それで、そやつはわざと、おっ潰《つぶ》れた顔に見えるように鏡を細工しておき、それをいきなり、『これがおまえの本当の顔だぞ』と見せたのだ」

「ははあ」

「おりくは、いきなり突きつけられた真実に仰天し、『こんな顔は嫌っ！』と叫んで、その鏡を取って、自分の頭に叩きつけた。だから、コブはそのときのものだ」

「なるほど」

「女心は、鏡のなかに美しい自分を見つけたい。これが第一だろう。だが、それに相反した真実に衝撃を受け、おりくは海に転がり落ち、海水を飲んで死んでいった。その線で調べてみよ」

松田重蔵はそう言うと、どんぶりに入ったお握《にぎ》りのような蕎麦団子に、がっぷりと食らいついたのだった。

十一

亀無は役宅に戻って、鏡を見ながら考えた。おみちはもう寝てしまっていたので、鏡を借りても怒られることはない。

女心をどうにかされて、動揺して落ちるというのは、松田重蔵にしては、かなりいい推測だったかもしれない。

だが、細工された鏡を見て、あたしの顔はこうだと思いこむだろうか。別の鏡で確かめようとするのではないか。

やはり、そうではない。

どうすれば、子どものころから渡り慣れている桟橋から、落とすことができるのか。

そういえば、木挽町《こびきちょう》の見世物小屋で、綱渡《つなわた》りの芸を見せる女がいた。あの女に訊いてみるのはいいかもしれない。

亀無は、もう一度、自分の顔を鏡で見た。

「それにしても、なんだ、この頭は？」

いままで、自分の顔などじっくり見たことはほとんどなかった。自分の顔を見忘れていたほどで、町で自分に会っても、自分とは思わないだろう。

だが、こうして鏡で自分の頭を見ると、呆れるほど変である。

「やっぱりコテを当ててもらおうかなあ」

亀無は、ため息とともに言った。


翌朝——。

亀無は、木挽町の見世物小屋にやってきた。今日は、茂三は一緒ではない。茂三にはあの界隈《かいわい》をまわって、鏡市の借りた舟を見つけるよう頼んである。

楽屋に、綱渡りで有名な松曲斎梅乃《しょうきょくさいうめの》を訪ねた。亀無が子どものころから有名だった芸人で、志保などは「弟子入りしたい」とまで言っていたほどだった。だから、もうずいぶんな歳上かと思っていたが、実際に会うと意外に若いので驚いた。まだ、四十前ではないか。

「町方のお役人がなんでしょう？」

松曲斎梅乃は、手鞠《てまり》を四つ、宙に放りながら訊いた。その見事な手さばきに、思わず見とれそうになってしまう。

「うん。訊きたいことがあってな。もしも綱を渡っているとき、鏡で顔を照らされたりしたら、落ちるかい？」

亀無が訊くと、

「あら。この前も、そんなことを訊きにきた人がいましたよ」

と、松曲斎梅乃は目を瞠《みは》った。

「いつのことだい？」

「三、四日前ですかね」

「どういうやつ？」

「とくに目立つような顔じゃなかったですね」

「指に怪我してなかったかい？」

「あ、してました」

やっぱり鏡市だった。

「それで、なんと答えたんだい？」

「落ちませんよって言いました。眩しいくらいじゃ、顔をそむければいいだけで、そんなことで落ちるようじゃ、綱渡りの芸なんざできませんから」

「じゃあ、どうやったら落ちるんだ？」

「この前の人もそれを訊きました」

亀無は、わくわくしてきた。我ながら、よくぞ、ここを訪ねたものである。というより松曲斎梅乃が、綱渡り芸人として、あまりにも有名なのかもしれない。

「それで、なんと？」

「座りこんだら落ちますって言いました」

「座りこんだら？」

「ええ。立っていれば、身体全体で均衡を保《たも》つことができるんです。でも、座ったら、たちまち均衡を崩して落ちてしまいます」

「それをこの前来た男にも？」

「言いました」

「それでなんと？」

「なにも言いませんよ。そうかと言って帰っていきましたよ」

「なるほどな」

鏡市は、それでおりくをしゃがませる方法を考えたのだ。

——だいぶ近づいてきたぞ。

亀無は、急いであの現場に向かった。


舟宿のところにまでやってくると、強い海風が吹いてきた。

前を歩いていた若い娘が、風で裾がめくりあがりそうになったらしく、

「あら、やだ」

と、あわてて裾を押さえながら、座りこむようにした。

——おい、待てよ。

亀無の頭に閃《ひらめ》くものがあった。

下に鏡を置き、裾のなかがのぞけるようにしたら、女は思わずしゃがみこむのではないか。それには小さな鏡では駄目だろう。

そういえば、あそこには姿見用の大きな鏡が置いてあった。あれを下に置けば、

裾のなかが見えると思ってしまうはずだ。

――それだ、それだ。

亀無は、唄《うた》いながら踊《おど》りたくなった。

だが、すぐに、

――待てよ。

と、頭のなかの唄と踊りをやめた。

――そんなものが下に置いてあったら、おりくが桟橋を渡るか？

なにあれ？　と警戒し、板前たちを呼んで確かめさせるのではないか。

――やっぱり駄目だ。

と、落胆したとき、

「旦那。こちらでしたか」

茂三がやってきた。

「どうした、舟は見つかったか？」

「見つかりました。三日前、右の中指を怪我した男が、この近くの漁師から小舟を借りたそうです」

「その船は？」

「そっちにあります」

ここの猪牙舟が繋留されているあたりに泊めたらしい。亀無は、すぐに見にいった。

「これです」

猪牙舟よりさらに小さな、海苔《のり》でも採るための舟らしい。かなり古ぼけている。

ふたりで乗りこみ、料亭の桟橋のほうへ行ってみる。

「鏡を当てるとしたら、このあたりからか」

「そうですね」

舟はさほど揺れない。顔に光を当てるのも、そう難しくはない。

あとはいかにして、おりくをしゃがませるかだ。

さっき娘をしゃがませたほど、強い風を送るのは、容易なことではない。大きな団扇《うちわ》を何人もで扇《あお》がなければならない。やはり鏡を下に置くのは、いい方法なのだが……。

亀無は、考え続けた。

十二

「すまんな。朝早くに」

と、亀無は詫《わ》びた。

茂三が、麻布新網町の鏡市の仕事場を兼ねた家から、無理やり連れだしてきたのだ。

舟宿の裏手の桟橋の周囲には、千代松たち使用人が全員、出てきて、なりゆきを見守っている。

「なんなんですか?」

鏡市は、不愉快そうに訊いた。

「あの日のことを再現しようと思ってな。おりくがおめえに桟橋から落とされ、殺されたときのことだよ」

「再現ですって?」

「いいから、いいから。おめえが、おりくの役をやってくれ」

「あたしが?」

「栈橋を渡ればいいんだよ」

「渡れませんよ、こんなところ、恐くて」

「だいじょうぶ。いま、手すりを渡してやるから」

亀無が顎をしゃくると、千代松が船と岸のあいだに長い竹竿を渡した。

「これにつかまって行けば大丈夫だろうよ」

鏡市はしぶっていたが、周囲の雰囲気から、断わるのは無理だと悟《さと》ったらしく、

「まったく、とんでもねえことをさせるんですね」

そう言って、不満げにゆっくりと栈橋を渡りだした。

なかほどまで来たとき、いつの間にか栈橋の近くに小舟が寄ってきていて、そこから鏡の光が、鏡市の顔に当てられた。

小舟に乗っていたのは、新米同心の早瀬《はやせ》百次郎《ひゃくじろう》である。人手が足りないので、急遽《きゅうきょ》、引っ張りだしたのだった。

「あ」

鏡市は顔をしかめた。

「眩しいよな」

と、亀無は岸辺から声をかけた。

「眩しいですよ、それは」

「あの小舟は、おまえが近くの漁師から借りたやつだぜ。さっき、顔も確かめさせておいたよ。大事な証人だぜ」

「小舟を借りたくらい、なんだというんですか？　小舟と鏡で、人を殺せるんですか？」

鏡市は居直ったように言った。

「いや、まだ、小道具はあるんだ」

「小道具？」

「眩しいけど、目を逸《そ》らせば、なんてことはねえと思うよな。おりくも、チカチカ照らされて、つい下を見たんだ。すると、ほら」

亀無の言葉につられて、鏡市は思わず下を見た。

「げっ」

そこには、大きな鏡が置いてあり、下から鏡市の着物のなかを照らしていた。

「驚くよな。だが、おめえは男だから、べつに恥ずかしいことはねえ。でも、おりくは女だ。自分のふくらはぎだの内股《うちもも》だのに光が当たってたら、驚きと恥ずかしさで、思わずしゃがみこんじまうよな」

「………」

「おいら、木挽町の見世物小屋に出ている松曲斎梅乃のとこに、訊きにいったんだよ。どういうときに綱から落ちるかって？　そうしたら、立っているなら、ちょっとくらい眩しかろうが、落ちたりはしないんだってな。でも、しゃがみこむ羽目になったら、たちまち均衡を崩しちまうんだってさ」

「………」

「おめえも訊きにいったそうじゃねえか」

「なんで、あっしが、そんなところに」

鏡市は、とぼけようとした。

すると亀無は、後ろを振り向き、

「お師匠さん。こいつですかい？」

と、声をかけた。

いつの間にか、使用人に混ざって、松曲斎梅乃が立っていて、

「そうです。その人でした」

きっぱりと、そう言った。

「これも立派な証人だぜ。証拠はまだある。そんなところに最初から鏡があった

ら、おりくだって警戒するよな。そこで、あんたはそれにぼろきれをかぶせ、上から見ると、ゴミでも流れついていたみたいに見せかけたんだ」

「…………」

「そして、おりくが桟橋の真ん中に来たとき、鏡で顔を照らすとともに、結《むす》んでいた紐《ひも》を引いて、鏡をあらわにしたってわけだ」

「…………」

「持ってきたよ、現物を。あんたの仕事場の隅に放ってあったものだ。ほら、ちゃんと紐までついてるよ」

亀無はそう言って、後ろを見た。

岡っ引きの三ノ助《みのすけ》がいて、ぼろきれを手にしていた。

「…………」

「おりくは、それでしゃがみこみ、均衡を失って下へ落ちた。そのときに、岩ではなく、鏡に頭を打ちつけた。もし、岩にぶつけていたら、おいらも下に鏡があったなんて、考えなかったかもしれねえ。だが、おりくの傷は、ごつごつした岩ではなく、平らな硬いものに当たってできたコブだったんだよ」

「…………」

「まだ、あるぜ。じつは、その姿見はおめえのもんじゃねえ。おいらが呉服屋に頼んで借りてきたものなんだ。おめえが実際に使ったやつは、ほら」

と、亀無は小舟の上の早瀬百次郎を指差した。

「さっき、おめえが出たあと、急いで裏に傷がある姿見を探したら、あったんだと。断わりなく、借りてきてしまったよ」

「なんてことを」

「本当なら直しておきたかっただろうが、その傷じゃ難しかったんだろう。それを、桟橋の下に置いてみるぜ。傷のあるところと、岩のでっぱりが一致したら、これも動かぬ証拠となるんだ。どうだい、百ちゃん？」

亀無は、早瀬に声をかけた。

早瀬は小舟から姿見を持ったまま、岩場におりると、前に置いた姿見と交換して、そっと傷の場所を確かめた。

「亀無さん、ぴったりです」

早瀬が嬉しそうにそう言うと、使用人たちは口々に、

「これだけそろえば、もう言い逃れることはできねえ」

「おめえ、よくも、うちの女将さんを！」

「いい女将さんだったのに！」

と、鏡市をなじる言葉を浴びせかけた。

「やっぱり、折れてたんですよ。あっしの指は」

うつむいたまま、鏡市は言った。

「そうか」

「女将さんが投げつけた手鏡が当たったんです。医者に行ったら、骨はくっついても、曲げるのは難しいかもしれねえって」

「…………」

「磨くには力がいるんですよ。きれいに映る鏡をつくろうと腕を磨いてきたのに、もうそれはできなくなっちまった。あの身勝手な女は、あっしの長年の夢を踏みにじりやがったんですよ」

「おめえの気持ちはわかるよ。でも、そのときに、お上《かみ》に訴え出てくれてたらよかったんだがな」

亀無はつらそうに言った。

だが、もう遅いのである。

一歩立ち止まって、これをするのが果たしていい方法なのかと考えてくれていたら……と、いつも思うのだが、怒りや憎しみは思慮の脇をかいくぐって、突進してしまうものなのだった。

十三

亀無は、自分がいつもとは違う歩き方をしているのを感じた。なにか、こう、堂々としている気がする。なにも世にはばかることはないという感じである。

いまさっき、おみねの髪結いで、髪の毛にコテを当て、まっすぐにしてもらったのだ。

すると、髷はいつものようにぼしゃぼしゃしておらず、すっきりまとまり、まさしく小銀杏と呼ばれるかたちになったではないか。

——もう誰にも〈ちぢれすっぽん〉などとは呼ばせない。

だが、そうなると、ちぢれは取れて、ただの〈すっぽん〉になってしまうのか。

それもなんだかおかしい。

——誰か新しい綽名でも考えてくれねえもんかね。牙亀《きばかめ》なんてのはどうかね。

それともキレキレ亀なんてのもいいかもしれない……。

八丁堀の我が家が近づいてきた。

すでに陽は沈みつつある。

――おみつは、おいらを見て、どう思うだろうか？

楽しみである。

ふと、我が家の向こうから、すらりとした女が現われた。

志保である。

志保はこっちを見た。それから、ぽかんとした顔で足を止めた。

「えっ？」

と、言って、それからしばらく絶句して、

「えっ？　えっ？」

目をこすった。

「あ、いや、まあ」

亀無もなんて言ったらいいか、わからない。志保の反応を見るに、これはどうもやってよかったというふうにはならないらしい。

「どうしたの？　具合、悪いの？」

「具合？　いや、べつに」

「変だよ、剣之介さん、髪の毛が」

「へ、変？　やっぱり？」

「どうしたの、いったい？」

「いやね、し、調べのために行った、かっ、かっ、かっ、髪結いがこうしたほうがいいって、コテを当ててね、まっすぐにしたんだけど」

「ああ、コテでね」

「やっぱり、変かな？」

「うん、変。前のほうが剣之介さんらしくて、全然すてきだった。でも、コテを当てたくらいだったら、すぐに戻るわよ」

「そうなんだ。よかった。いやあ、ずっとこのままだったら、どうしようかと思ったよ。あは、あはは……」

　亀無は、笑うくらいしか、気持ちの持って行きようがなかったのであった。

第二話　め組の死人《しびと》

一

「あんなところから火が出たのかい？」

江戸の町火消《まちびけ》し〈め組《ぐみ》〉の纏持《まといも》ちである竜蔵《りゅうぞう》は、屋根の上で、首をかしげてつぶやいた。

出火場所は、大きな家の二階建ての一階あたりだが、そもそもこの家は、空き家のはずである。たしか以前は料亭だったが、一年以上前に潰《つぶ》れてしまった。それから新しい店が入った様子もなく、当然、火など使うわけがない。

「付《つ》け火《び》じゃねえのか？」

今度は大きな声で言った。

下には大勢仲間の火消し衆がいるが、かき鳴らされる半鐘《はんしょう》や、人の騒《さわ》ぐ声で聞こえなかったらしい。

「兄い、そこでいいですかい？」

下から後輩の火消しが訊いた。

「おう、なんとしてもここで食い止めるぜ。向こうに飛び火なんかさせたら、あの〈す組〉や〈も組〉の阿呆《あほう》どもが、がたがた抜かしやがるからな。その脇のほうから壊していくんだ。ぐずぐずするんじゃねえ！」

「はいはい、わかりました」

「それと、おれがかぶるための水を持ってこいっ！」

「そんな怒鳴らなくてもわかりますよ」

若い火消しは不満そうに駆けていった。

纏持ちは、熱風に耐え、ぎりぎりまで粘《ねば》らなければならない。そのためには、水をかぶらないとやれない。

それにしても、面倒《めんどう》なところで火事が起きたものである。

ここは、お堀に架かる汐留橋《しおどめばし》のたもと。三角屋敷《さんかくやしき》と呼ばれる一帯だが、別段、三角の屋敷があるわけではない、普通の町人地である。

火消しの縄張りだと、め組の縄張りのいちばん端《はし》っこにあたる。お堀を越えれば、す組の縄張りの木挽町の七丁目となる。

また、ちょっと西にずれると、も組の縄張りの金六町《きんろくちょう》である。火消しの三つの組の縄張りが、くっつきあったところなのだ。当然、め組の火消しだけでなく、す組やも組の火消しも、駆けつけてきている。

しかも、風は南から吹いていて、火の粉は、す組やも組の縄張りにどんどん吹き飛ばされていた。ここで消し止めないと、あとであいつらは江戸中で、め組の悪口を言ってまわるに違いない。

――ん？

下の家でなにか声がした。中庭である。

竜蔵は屋根を少しくだって、庭のほうをのぞきこむようにした。

「誰か、いるのか？」

なにか声がした。やはり誰かいる。煙に巻かれて動けなくなっているのかもしれない。梯子《はしご》をこっちに掛け直して、助けてやるべきだろう。

「おい、大丈夫か？」

「大丈夫じゃねえのは、おめえだよ」

誰かがそう言った。

「なんだと？」

屋根の上を、足元に気をつけながらさらさらにおりた。

男がいた。見覚えがあるし、火消しの衣装を着ていた。

「なんだ。おめえは、す組のすっとぼけじゃねえか」

す組の纏持ちの欣次郎《きんじろう》だった。これまでも何度か、火事の現場で張りあったことがある。

「すっとぼけはそっちだ。おめえは、まんまとおれの罠《わな》に嵌《は》まったんだ」

「なんだと」

欣次郎は、楊弓《ようきゅう》を持っていた。それに矢をつがうと、すばやく竜蔵に狙《ねら》いをつけ、放った。足元が悪いので、かわしようがない。

「うっ」

腹に深々《ふかぶか》と突き刺さった。

「てめえ、なに、しやがる」

竜蔵は信じられないという顔をした。いろんなやつから嫌われているのは知っていたが、まさか命を取られるほどではないと思っていた。

「死んでもらうんだよ」

「おれを殺したって、め組の纏持ちにはなれねえだろうが」

「め組の纏持ちになんかなる気もねえ」

「だったら、なぜ？」

「おめえ、おれの顔を忘れたみてえだな。だが、おれは忘れねえぞ」

「なに？」

「よく見ろ。おれの顔を。もう七年ほど前だがな」

「七年前だと？　あっ」

「気がついたか」

「だ、誰か！」

叫ぼうとしたが、次の矢が来た。

一本ではない。二本、三本……。喉《のど》や足にも刺さった。

たまらず、下に落ちた。そこはすでに火がまわっていて、顔や腹に痛いほどの熱さを感じたが、逃げる力は残されていなかった。肉が焦げる臭いが立ちあがったが、竜蔵はもうピクリともしなかった。

「へっ。おめえは、誰に殺されても不思議はねえんだよ。つまりは、下手人も見つからねえってことさ」

欣次郎はそう言って、この家の端に行き、置いてあったす組の纏をつかむと、片手で楠《くすのき》によじのぼり、そこから隣の家の屋根へと移った。

欣次郎はさらにぐるっと屋根伝いに歩き、半間（九〇センチ）ほどの隙間《すきま》を飛び越えたりして、さっき竜蔵がいたあたりに現われた。

「おい、め組の纏持ちはなにをやってんだ！」

下の火消しに訊いた。

「兄いはいませんか？」

「いねえよ。グズグズしちゃいられねえ。ここは、おれが引き受けるぜ」

欣次郎はそう言ったとき、

「おいおい、す組だけにいい恰好《かっこう》はさせられねえよ。こっちにも火の粉が飛んできてるんだからな」

欣次郎とは反対のほうから屋根を伝ってやってきたのは、も組の纏持ちの巳之吉《みのきち》だった。

欣次郎は一瞬、さっきの殺しを見られたのかと、ドキリとしたが、そんな様子はまったくない。

「しょうがねえ。ここはふたりで引き受けるか」

と、欣次郎は言った。

「そうしようや」

す組の欣次郎と、も組の巳之吉は、並んで競うように纏を振りはじめた。

二

その少し前である――。

どこかで半鐘が鳴っていた。

「火事です、火事です。出動願います」

奉行所の中間が、大声で所内を駆けまわっていた。

亀無剣之介は奉行所内の宿直部屋で、のそのそと起きあがった。今宵は、月に二度まわってくる宿直の日だった。

「火事だって？　嘘《うそ》だろう」

いまは六月（旧暦）も下旬。夏の真っ盛りである。

江戸の火事は、ほとんどが冬に起きる。寒いので火を使うことが多いうえに、空気が乾《かわ》いて風もある。小火《ぼや》が広がりやすい。

真夏には、火もほとんど使わないうえに、空気はじっとり湿《しめ》って、風も吹かない。小火が出ても、しょんぼりしたように消えたりする。ましてや、昨夜は夕立ちがあったせいで、町全体がじっとり湿っている。

亀無は、あまりの蒸し暑さに、蚊帳《かや》のなかで団扇《うちわ》を使い続け、それで疲れてやっと眠りについたほどだった。

「おい、亀。早くしろ。おれはひと足先に行ってるからな」

やはり宿直当番になっていた定町廻《じょうまちまわ》りの本郷梅十郎《ほんごううめじゅうろう》は、すでに火事装束を着て、飛びだしていった。

町火消しは、町方の管轄下にある。火事となれば、火消し衆の仕事を監督するため、急いで現場に駆けつけなければならない。

「まったく、もう」

亀無は大きすぎる火除けの兜《かぶと》をかぶってしまい、手で押さえながら、

「火事はどっちだい？」

奉行所の中間に訊いた。

「近いですね。汐留あたりです」

「よし、行くか」

半町ほど走っただけで、汗が滝のように流れてくる。

それでも、休むわけにはいかない。

「あそこか」

芝口橋《しばぐちばし》の向こう。江戸の目抜き通りにも近い。当然、民家が密集しているし、あそこから尾張町《おわりちょう》や元数寄屋町《もとすきやちょう》あたりまで燃え広がれば、外濠《そとぼり》のなかも危なくなる。そんな事態は、なんとしても避けなければならない。

料亭みたいな大きな建物が燃えあがっている。そこと棟続きの手前の屋根に、め組の火消しの纏持ちがあがって、纏を振っている。

火事はなんとしてもここで食い止める。そのためには、この周囲の建物は破壊して、焼け移らないようにするのだという合図である。

幸いここは、お堀が近い。水もずいぶん撒《ま》けるはずである。

――水の手渡しでも指揮するか。

亀無がそう思ったとき、め組の纏持ちの姿が見えなくなった。

――どうしたんだ？

まさか、転がり落ちでもしたのだろうか。

「兄い！　どうしました？」

下で火消し仲間が呼んでいるが、まだ姿は見えない。

仲間が梯子をかけて屋根にあがっていくが、纏持ちではないので、吹きつける炎が怖いのか、なかなか屋根にはのぼれずにいる。

するとそこへ、右手の屋根を伝って、す組の纏持ちが、続いて左手の屋根からはも組の纏持ちが現われて、ふたりは手桶《ておけ》の水をひっかぶると、勢いよく纏を振りはじめた。炎と煙を背景に、勇ましく纏を振る様子は、こんなときでも美しいと思ってしまう。

「よし、こっちもうかうかできねえぜ！」

亀無は近所の用水桶をかき集めて持ってこさせ、野次馬たちにも手伝わせて、お堀の水をかけさせた。

そのまま勝手にやらせると、それぞれが手桶で水を汲んで行ったり来たりするが、亀無は手桶をどんどん手渡しするようにさせ、回転をよくした。それで料亭の門から、纏持ちの足元あたりに、これでもかというくらいにかけさせた。

四半刻ほどして――。

「どうやらおさまったみたいだな」

亀無は、水かけを終わりにさせた。

「亀、よくやったじゃねえか」

本郷梅十郎が来て、亀無の肩を叩《たた》いた。

「そうかね」

「あれだけ水をかけられたのは、あんたの指揮がうまかったからだと、火消し衆も言ってるぜ」

「それより、おいらはもう、へとへとだよ」

早く奉行所に戻って眠りたい。

と、そのとき、

「大変だ。竜蔵が死んでる！」

「なんてこった」

門の内側で騒ぎが起きた。

亀無は近くにいた火消しに、

「竜蔵ってのは？」

「め組の纏持ちです」

「あいつか」

どおりで不意に屋根からいなくなったわけである。

亀無は、遺体を見にいった。

焼け残った屋根のすぐ下である。遺体の脇に、め組の纏が落ちている。

「こりゃ、ひでえなあ」

うつぶせになっているが、薪《まき》が置いてあったところに落ちたみたいで、伏せたほうはかなり焼けてしまっているのがわかる。背中のあたりはびっしょり濡れていて、水がかかっていなければ、もっと焼けてしまっていただろう。

「こりゃあ、早桶《はやおけ》には入れられねえな」

「寝棺《ねかん》を持ってこなくちゃ」

などと、火消したちが話していた。

亀無は「なんまんだぶ」と手を合わせ、あとは火消し衆や町役人にまかせて帰ることにして、門を出かかると、

「竜蔵兄いは、憎まれていたからな」

という声が耳に入った。

火消しがふたり、門の向こうで話していた。ふたりとも、め組の火消しらしい。

「しかも、め組の火消しだけじゃねえ。す組やも組でもかなり、嫌われたり、憎まれたりしてたみたいだぜ」

「ああ。おれもそのうち、誰かに殺されるんじゃないかと思っていたよ」

もうひとりはそうも言った。

「おい、ちょっと」

亀無が顔を見せると、ふたりは驚いて、

「あ、町方の旦那、いらっしゃったんで？」

「さっきは大活躍でしたね」

あわてておべんちゃらを言った。

「なあに、どうってこたあねえ」

「ずいぶん火の粉かぶって、頭、ちりちりじゃねえですか」

「………」

もともとこうだと知ってて言ってるのか。このちりちり頭も、ちぢれすっぽんの綽名《あだな》の由来なのだ。

「そんなことより、いまの話、ほんと？」

と、亀無は火消しのふたりに訊いた。

「いまの話って？」

「竜蔵は殺されると思ってたって」

「いや、まあ」

「あれは、殺されたかもしれないわけ？」

「いやいや、それはないですね。あっしはすぐ近くで、竜蔵兄いが纏を振るところを見てましたが、誰も近づいちゃいませんでした。火事で死んだのは間違いありませんよ」

「ふうん」

だが、亀無は気になった。

帰ろうと思ったが、踵《きびす》を返して、焼けた料亭のなかへ引き返した。

三

それから半刻（一時間）後――。

「おい、ひでえ仏を見せやがって」

と、亀無を睨《にら》んだのは、北町奉行所の検死役《けんしやく》、市川一玄《いちかわいちげん》である。もう六十近い老練《ろうれん》の同心で、これまで見てきた死体の数は、軽く三千を超えるらしい。しかも、そのほとんどの死にざまを覚えていると豪語している。

「すみません。気になることがありましてね」

誰もが火事の現場の事故死と思っていたので、検死の役人も呼ぶつもりはなかったようだが、亀無は遺体を現場から運びだそうとしていたのをやめさせ、急いで市川に来てもらったのである。

すでに、東の空はずいぶん明るくなってきている。

「おまえもぼーっと突っ立っていねえで手伝え」

市川に言われて、

「はい」

亀無は、うつぶせの遺体を仰向きにさせるのに手を貸した。

「うひぇえ」

肉の焼けた臭いが鼻を襲う。あわてて、手ぬぐいを鼻にあてた。

「こりゃあ、どう見ても焼死だろうよ」

と、市川は近くにあった木の枝で、遺体のあちこちを突っつきながら言った。

「おいらは、死ぬ寸前の、生きているところを見てたんですよ」

「だから?」

「屋根から落ちたとしても、焼死なんかしますかね」

「火消しは焼かれても死なねえって言うのか？」

「そうは言いませんが、そっちの門のほうに逃げたりできねえもんかなと」

と、亀無は右手の、焼け残った門を指差した。

「落ちたはずみで、頭を打ったとか、首の骨が折れたとか」

「頭打ってます？」

「どれ」

検死役は、丁寧《ていねい》に額《ひたい》から頭全体を触《さわ》った。今度は木の枝ではなく、直接、指で触れている。さすがに、死人三千体の老練である。

「ヒビも陥没《かんぼつ》もねえな」

「首はどうです？」

両肩を持って、持ちあげるようにする。

「こんなに焼けても死後硬直は残ってるんだな」

と、感心し、遺体の首を軽くひねったりして、

「うん。折れてはいねえみてえだな」

「刺し傷とか切り傷はどうです？」

「これだけ焼けちまったら、わからねえだろうよ」

そう言いながらも、市川は丁寧に見てくれる。この道一筋《ひとすじ》の人間の仕事は、やはり信頼できるのだ。

「ん？」

市川は目を瞠《みは》った。

「どうしました？」

「腹のところに炭が」

「炭？」

市川は、腹のところの肉から、黒くて細い棒みたいなものをえぐりだした。長さは、せいぜい二寸（六センチ）くらいである。

「ほら、これ」

「ほんとだ」

「お、ここにも」

今度は太腿《ふともも》のあたりから、同じようなものをえぐりだした。ただ、こっちのほうが短くて、一寸（三センチ）ちょっとである。

「ああ、同じものですね。頭とか首とかにはないですか？」

頭部から首にかけて、丁寧に触ったあと、

「ここらは、こんなによく焼けちまってんだ。わからねえな」

と、市川は言った。

「これ、おいらがもらっていいですか？」

「家で炭の足しにするのか？」

「いやいや、大事な証拠になるかもしれないんで」

「証拠？」

「いや、まあ、まだわからねえんですが、これが凶器だったとしたら、なんだと思います？」

「凶器じゃねえだろうよ。ここは物置きや、食糧の保管場所だったんだろう？」

市川は、焼け残った建物を見て言った。

「あ、そうみたいですね」

「ここには薪が置いてあったみたいだ。だったら、焼けた薪のかけらでも入ったんだろうな」

たしかに、薪もあれば、炭も置いてあったかもしれない。だがそれにしては、丸く整いすぎている。まるで、筆の柄のところが焦げたみたいである。

「ずいぶん細い薪みたいですけどね」

と、二本の細くて短い棒を手のひらの上に並べた。

「あるいは、壊れた行灯《あんどん》でも捨てておいたのかもしれねえぜ」

「なるほど」

そう言われたら、行灯にはこんな部分があった気もする。

しかも、こんな細くて短い棒が、凶器になるだろうか。

「おめえ、焼死ってことじゃ納得できねえのかい？」

「そうですねえ」

まだ断定したくない。

「まあ、おめえの捕り物の腕は、いろいろ聞いてるから、おれは差し出がましいことは言わねえけどな」

「ううむ」

亀無は唸《うな》った。

なにか違和感があるのだ。纏持ちをやるくらいに、火消しでは相当な腕利きだった男が、こんな死に方をするだろうか。もしもあの世があるなら、この死に方は、たぶん自分でもみっともないと思っているのではないか。

「なにが気になるんだ？」

市川は訊いた。

「なんか引っかかるんですよ。さっき噂を聞いたんですが、こいつはいろんなやつから、ずいぶん恨まれていたらしいし」

「でもよう、おめえ、こいつは纏持ちだぜ。火事のときは、何百人という火消しや野次馬が、こいつの動きを見守っていたんだろうが。そんな火事の現場で、どうやって殺すことなんかできるんだよ」

「ええ。おいらも見ていたひとりでした。でも、竜蔵はすっと屋根の向こうにおりるようにしていなくなったんです」

「それは滑《すべ》り落ちたんだろうよ」

「かもしれません。でも、滑り落とさせることだって、できたかもしれねえでしょ」

「うーん。そりゃ、まあ、そうか」

「そのための仕掛けがなされていたのかもしれませんよ」

「亀無って男は、そこまで考えるのかい。でも、殺しかどうか、そこからはじめることになるわけだろ？」

「ええ、まあね」

「そりゃあ容易なこっちゃねえな」

市川は、自分の役目は終わったぞというように言った。

四

亀無はいったん北町奉行所に戻って、火事場装束を脱ぎ、煤《すす》で汚れた顔や手足を洗ったあと、ふたたび奉行所を出た。本当なら、湯屋に行って、さっぱりしたいところだが、そうもしていられない気分である。

——竜蔵が殺されたかどうかを確かめるには、その理由を突っこんでいけば、おのずと下手人も手口も見えてくるはずかもな。

と、亀無は思った。

そこで、あの火事に出動していため組、す組、も組の、それぞれの頭《かしら》を訪ねてみることにした。

まずは、め組の頭を訪ねた。

火消しというのは、火事のないときはたいがい鳶《とび》として働いているときが多いので、組の頭も、鳶の棟梁《とうりょう》を兼ねる者が多い。

め組の頭も、東海道《とうかいどう》とも重なる芝神明町《しばしんめいちょう》の大通りから一本入ったところに、なかなか立派な家をかまえていた。

玄関の戸は開け放してあって、広い土間には、若い衆が三人ほど樽《たる》に腰かけて、笑いながら話している。三人とも、全身が彫り物だらけで、なんだか錦絵《にしきえ》が動いているみたいに見える。

「ちっと頭に会いたいんだがな」

亀無が声をかけると、

「あ、さっき火事場にいた旦那じゃねえですか。頭！　町方の旦那です！」

若い衆は、奥に声をかけた。

「さ、どうぞ、こちらに。あっしが頭の牛松《うしまつ》です」

土間からあがって、勧められた座布団に座った亀無は、

「……！」

思わず息を飲んだ。

頭の顔が、見たこともないくらい大きいのだ。普通の人間の二倍近くあるのではないか。

たいがいの人は、一町ほど離れると、笑っているのか怒っているのかわからな

くなるが、この人ならかすかに微笑《ほほえ》むのもわかるだろう。向かいあって話すと、顔だけで、周囲はなにも見えなくなった。

「ちょっと訊きにくいことを訊くんだがな」

と、亀無が言うと、

「訊きにくいことを、訊くんですって」

首を大きくまわし、目をむきながら言った。役者が見得《みえ》を切るのに似ている。

この頭は、役者になれば、かならず千両役者になったことだろう。どんな端役《はやく》をやっても、舞台でいちばん目立つから、主役をやらざるをえないはずである。

「纏持ちの竜蔵のことだよ。亡くなったのは残念だったな。ご愁傷《しゅうしょう》さま」

まずは悔やみの言葉を告げた。

「これは、どうも。でも、あいつも火事の現場で死んだのですから、火消しとしては本望ってもんでしょう」

「遺体はもう戻ったのかい？」

「いや、寝棺がなかなかないみたいで。いま、葬儀屋につくらせてまして、でき次第《しだい》、ここに運びこむつもりです」

江戸の棺桶は、ほとんどが早桶なのだ。

「ところで、竜蔵の、纏持ちとしての腕はよかったのかい？」

「そりゃあ、腕がよくなきゃ、め組の纏持ちにはできませんよ。め組といやあ、江戸の火消しの花形《はながた》ですぜ。芝居のネタにもされるくらいだ。その、め組の纏持ちと言ったら、歌舞伎で言えば、団十郎か幸四郎《こうしろう》かってところでしょうよ」

頭はまたも、大きな顔をぐるりとまわした。

「じゃあ、当人の心意気《こころいき》もかなりのものだったろうな」

「まあね」

「みなには好かれていたのかい？」

「好かれていたか？　そこはどうでしょうか」

頭は顔をしかめた。

「そうじゃなかった？」

「なんというか、下の者だの、ほかの組の者に、厳しくあたるところがありましたから。あっしも、そこは適当にしとくよう言ったんですが、当人には信念もありましてね」

「信念？」

「火消しは江戸の守り神なんだと。いいかげんなことはやれねえんだと」

「ほう」

それはけっこうな信念である。亀無もそれくらいの信念を持ちたいが、自分を守り神なんてたいそうなものにたとえるのは、どうにも気が引ける。

「若い衆がちょっとだらだらしていようものなら、すぐに殴りつけるようなところがありましたからね」

「ほかの組の火消しでも？」

「おかまいなしでした。おかげで二度ばかり、ほかの組と大喧嘩《おおげんか》になりましたよ」

「どこと？」

「す組と、も組の連中です」

「今日も来てたじゃねえか」

「来てましたね」

「そうかあ」

「でも、旦那。あっしも棟梁になる前は纏持ちをやってましたけど、みなに好かれているような纏持ちは、ろくなもんじゃねえんですぜ」

「そうなの？」

「組の者から、恐れられ、妬《ねた》まれ、恨まれ、悔しがられてこそ、一人前の纏持ちというものなんです」

「なるほどな」

「でも、なんでそんなことを訊くんですかい？」

「もしかしたら、竜蔵は殺されたのかもしれねえよ」

「なんですって？　誰に？」

「それはわからねえ」

「もしも、す組やも組の誰かなら、め組が総動員で、その野郎をぶっ殺しますぜ」

　牛松は立ちあがり、どんと足踏みしたあと、両手を広げて目をひんむいた。

「ちょ、ちょ、ちょっと待てよ。落ち着きなって」

「これが落ち着いてなどいられますかい」

　他の組の者がやったなどとわかると、大変なことになりそうである。

「もしかしたら、下手人はめ組にいるかもしれねえんだぜ」

「え？　め組に？　そんな馬鹿な」

「現場でいちばん近くにいたのは、め組の連中だろうが」

「そ、それはそうですが」

「め組の火消しは何人いるんだ?」

「二百四十人ほどです」

「そんなにいるのか。とにかく、おいらの調べが終わるまで、よけいなことを話すんじゃねえぜ」

と、亀無は念押しした。


す組の頭の家は、木挽町三丁目の、芝居小屋の裏手にあった。

亀無が名乗ると、奥の部屋に招き入れ、丁重《ていちょう》に挨拶《あいさつ》もかわしたが、虎之助《とらのすけ》と名乗った頭の顔を見ると、なんとも剣呑《けんのん》である。

歳は五十前後だろうが、これまでの人生を憎しみの感情だけで生きてきた顔というか、やくざにもここまで凶悪な人相の者はそうはいない。

いままで、いったい何人の人間を殺したいと思ってきたか。

もちろん、殺すまでには至らなかったからこそ、いま、こうして火消しの頭をしていられるのだろうが。

「め組の纏持ちが死んだのは知ってるかい?」

「ええ、竜蔵でしょう。聞きました」

「竜蔵は、め組の者はもちろん、よその組の者にまで、ずいぶん嫌われていたと聞いたんだがな」

「そりゃあ、あいつを好きだという男は、す組にはただのひとりもいねえでしょう」

「よその組の火消しを、なんでそんなに憎む必要があるんだ？」

「とにかく生意気なんですよ。うちの若い衆に対してはもちろんですが、このあたしにまで文句をつけてきたことがありましたからね」

「あんたに？」

この顔に文句をつけるなんて、竜蔵というのも相当な男だったらしい。

「ええ。このあいだの、す組の働きぶりは、まるでなってなかったと。それは、頭の躾《しつけ》がなってねえからじゃねえかと、こう抜かしやがったんです」

「ほう」

「そのとき、あっしのまわりにいた若い者も怒りましてね。てめえ、うちの頭になんてことを抜かすんだと。危《あや》うく喧嘩沙汰《ざた》になったので、あっしは止めましたが、若い者はあの野郎、なんとしてもぶっ殺してやると、怒りはおさまりませんでした」

「それでな、じつは、竜蔵は殺されたかもしれねえんだ」

「え？　火事場の事故死じゃなかったので？」

「うん。よくよく調べたら、どうも不審《ふしん》なところがあるんだよ」

「そうだったので」

「それだったら、す組の者に殺されたかもしれねえな」

「まさか、殺すまでは……」

「だって、殺したいと言ってたんだろう？」

「そ、それはたとえみたいなもので……まさか、うちのやつらが、人殺しなんて……」

急にあたふたして、剣呑だった頭の顔が、しおれたみたいになった。虎の正体は、じつは猫《ねこ》だったのかもしれない。

「す組の火消しは何人いるんだよ？」

「うちは、百人ちょっとというところですよ」

め組よりはずいぶん少ない。まともに喧嘩をしたら、数でも圧倒されるだろう。

続いて、尾張町の裏手にあるも組の頭の家を訪ねた。

「あっしが、も組をあずかる貫七《かんしち》と言います」

貫七は、静かな声で言った。

だが、どっしりとした貫禄がある。武士だとか商人とか職人とか、そういう身分を越えた貫禄である。数万石の殿さまでも、この人の隣に並ぶと、下駄《げた》の鼻緒《はなお》くらいに見えてしまうに違いない。

「ちっと訊きたいんだがね、も組の火消したちは、め組の竜蔵のことをどう思っていたかね？」

亀無はすぐに要件に入った。

「そりゃあ、親を噛み殺した油虫《あぶらむし》くらいに思っていたでしょうね」

「へえ。なんでまた」

「とにかく偉そうなんです、あいつは。あっしらが必死になって消した火事を、見物にきてましてね。こんなことを抜かすんです。今回は運がよくてたまたま消せたが、もうちっと風が強かったら、江戸中、火の海だったぜと」

「なにを根拠にそんなことを？」

「根拠はわかりませんが、纏持ちが纏を振った家は、もう一軒、さがったところにすべきだったんだと、野郎は言ってましたね」

「じゃあ、纏持ちは怒っただろう?」

「ええ。巳之吉っていいますがね。今度、火事場で逢ったら、ぶっ殺してやりてえと言ってました。すると、仲間の火消しも、兄いだけに殺しの罪はかぶせられねえ、おれも手伝う、あっしも手伝うと、逆に組の結束《けっそく》は強まりましたよ」

「そうみたいですね。うちの連中も死なれたんで、がっかりですよ」

「竜蔵は死んだぜ」

「じつは、竜蔵はどうも殺されたみたいなんだ」

「え?」

しばらく沈黙が流れた。

「いまの話からだと、あんたのところの巳之吉は怪《あや》しいな」

「あ、いや、違うんです、旦那。さっき言った話は、ずいぶんおおげさに脚色《きやくしよく》してましてね、あは、あは、あは」

「脚色?」

「ほんとは、ぶっ殺したいじゃなくて、デコピンを食らわせたいと言ったんです。デコピンですよ、デコピン。それであっしも、デコピンなんかじゃ駄目だ。ビンタぐらいはしろと、こう言ったくらいですから。あは、あは、あは」

さっきの貫禄は嘘のように消え、末席に座った幇間《ほうかん》みたいになった。

帰り際に、亀無は訊いた。

「も組の火消しは何人いるんだ?」

「百六十人ほどです」

す組よりは多いが、それでも、め組には敵《かな》わない。

三人の頭の話を聞き終えて、亀無は、

――あんなに、大勢の人間に憎まれていたやつも珍《めずら》しいよなあ。

と、呆《あき》れてしまった。

しかも、怪しいやつは、め組、す組、も組、合わせて五百人の火消しである。動きまわる五百匹の蟻《あり》の群れから、目つきの悪い蟻を一匹見つけだすより大変そうではないか。

五

翌日——。

眠い目をこすりながら、亀無は北町奉行所に出てきた。

本当なら、今日は非番なのである。宿直の夜が明けると、暮れ六つまでは仕事をするが、その翌日は非番で、休みになるのがほとんどである。

ときには、二日続けて非番になったりもする。亀無以外の同心は、けっこう暇《ひま》をもてあましていたりするのだ。

亀無は、なぜいつも忙しいのか。

もちろん仕事が好きなわけではない。好きか嫌いかと訊かれれば、仕事は嫌いである。

なのに忙しいのは、ひとえに他人の頼みが断われないとか、しくじったことを誰かに指摘されるのが怖いとか、つまりは小心すぎる性格のためなのだ。

我ながらみみっちい性格だと、つくづく嫌になる。

奉行所前の広場に、ほかの岡っ引きに混じって三ノ助がいるのが見えた。

「よう、三ノ助」

「あれ？　旦那は宿直明けじゃなかったので？」

「そうなんだが、面倒《めんどう》なことがあってな。殺しかどうかはっきりしないのだけど、もしも殺しだったとあとでわかったりしたら、おいらは恥ずかしくて、家から出られなくなっちまうよ」

「なんです、面倒なことってえのは？」

「じつはさ……」

　め組の竜蔵の件を、くわしく語った。

「……そういうわけで、竜蔵は、自分のところのめ組の火消しだけじゃなく、隣りあったす組と、も組の火消しからも、殺したいと言われるほど憎まれていたのさ」

「旦那も、竜蔵は殺されたとお思いなので？」

「証拠はねえんだ。屋根から落ちて、下の燃えているところで焼かれたんだが、落ちたわけは、なにかされたからかもしれねえだろ」

「なるほど」

「おいらは、そのちょっと前に、竜蔵を見かけたんだよ。足元はしっかりしていて、屋根から落ちたことは、いま考えると不思議な気がするんだ」

「旦那がそう思うなら、殺されたんですよ。いままでだって、何度も殺しには見えねえ殺しを見破ってきたんですから」

三ノ助にそう言われて、亀無は逆に自信がなくなってきた。褒められると、喜ぶより委縮《いしゅく》してしまう性格なのだ。

「そうかなあ」

「そうですよ」

「とにかく、怪しいやつは、ざっと五百人ほどいるんだ。だったら、怪しいやつを捜すより、どうやって殺されたか、そっちから調べを進めたほうがいいかなと思ってさ」

「それがいいですよ」

「だったら、あんた、助けてくれよ」

「もちろん、お手伝いさせていただきます」

「まずは、竜蔵がいた屋根の上を調べるか。なにか証拠が残っているかもしれねえし」

「わかりました」

ふたりは汐留橋脇の、火事の現場にやってきた。

「あの上にいたんだ」

「なるほど」

「梯子はねえかな」

「持ってきますよ」

三ノ助は、番屋《ばんや》から梯子を借りてきた。亀無は、すぐに駆けあがるでもなく、梯子の段に手をかけて、じいっとしている。考え事をしているというより、なにも考えていないといった顔である。

「旦那、どうしました？」

「どうやってのぼるんだっけ？」

梯子なんかのぼるのは、いつ以来だろう。ほとんど記憶がない。

「じゃあ、あっしが先に」

と、三ノ助は勢いよく梯子を駆けあがり、二階の屋根の上に立った。

亀無はその真似をして、勢いよくあがったつもりだが、三ノ助が見るに、腰が思いきり引けている。

亀無は屋根の上に立ち、周囲を見まわすと同時に、

「あら？　あらら……」

すぐに四つん這《ば》いになって、へたりこんだ。

「おっと、旦那、どうしました？」

「急にめまいがしたんだ」

真っ青になって、脂汗まで流れている。

「旦那。具合でも悪いんで？」

「いや、なんだろうな。下を見たら、急に目がまわりだしたんだ」

「ははあ」

三ノ助はなにか思いあたったようにうなずいた。

「なんだ？」

「旦那、高いところが苦手なんじゃねえですか？」

「高いところが苦手？」

急に言われてもわからない。

「あっしのダチにもいるんですよ。高いところが怖くてあがれないってえのが」

「そんなやつ、いるのか？」

「旦那、二階にあがったことはあります？」

「二階？」

「ええ。普通の家でもどこでも、とにかく二階建ての家に」

「そりゃあ、二階くらいはあがったことはあるけど、二階の部屋には壁もあれば、屋根もあるからな。こんなむきだしで風にさらされるのは初めてだよ。おいらは、洗濯物じゃないんだから」

「やっぱり、そうだ。高いところが駄目なんですよ。まあ、病《やまい》みたいなものですよ」

「病なら薬かなにかはないのかな？」

「そんな薬は聞いたことないですね」

「ないのかよ。しょうがねえ。悪いが三ノ助、おまえが上からじっくり見ておいてくれ。おいらは下から見ることにするよ」

そう言って、亀無は這《ほ》う這《ほ》うの体《てい》で屋根からおりてしまった。

六

「どうだった？」

屋根からおりてきた三ノ助に、亀無は訊いた。

「旦那のおっしゃったとおりです。高いところに慣れているはずの纏持ちが、この屋根から落ちるというのは、たしかに不自然ですね」

「だろう?」

「ええ。べつに油なんか撒いた跡はなかったし、瓦《かわら》も素焼きの瓦で、とくに滑ったりすることもないですしね」

「そうか。じゃあ、なかのほうを見てみよう」

門のなかには、亀無が命じて、入れないようにしてある。焼け跡の周囲に杭《くい》を打ち、縄《なわ》で囲ってあるのだ。その縄をまたいで、ふたりはなかに入った。

全体の敷地は、菱形《ひしがた》に曲がっているが、二百五十坪から三百坪ほどか。焼ける前は、なかなか立派な建物だったと思われるが、いまは無残《むざん》なものである。

「ずいぶん焼けましたね」

「そうだな」

建物の九割以上が焼けてしまっている。

おもに焼けたのは、門を入っていちばん奥にあった二階建ての建物だった。ここは完全に焼けて崩れ、瓦が散らばっている。

その母屋の向こうには、池や築山《つきやま》が見えている、本格的な庭園になっていたらしい。

「料亭かなにかだったみたいですね？」

「そうだな。それで、客はあっちの庭を見ながら、飲み食いしたんだろうな」

手前の庭は、門から玄関までの目隠しのためにつくられていたのではないか。庭木を囲むように回廊《かいろう》がつくられ、途中に厠《かわや》があり、門側にあるのは、台所や女中部屋や物置き小屋などだった。

その台所と物置き小屋あたりまでが焼け、門あたりと女中部屋がかろうじて焼け残った。纏持ちが立っていたのは、女中部屋の屋根だった。

「あそこから火が出て、南風に煽《あお》られ、火はこっちに来たわけだな」

亀無は、手を振りまわすようにして言った。

「火の粉は、あっちに飛びますね」

「す組と、も組の縄張りにな」

「でも、あいだにお堀がありますしね」

「そう。水さえぶっかければ、延焼の怖れはまずなかったよ」

「なんか、狙ったような火事ですね？」

「三ノ助もそう思うかい?」

「竜蔵はおびき寄せられたんじゃないですか?」

「おいらもそう思うんだよ」

亀無はうなずき、

「町役人に、この家のことを訊いてみよう」

と、芝口一丁目の番屋に向かった。

「あの、焼けた家のことを知りたいんだがな」

亀無は、四十くらいの町役人に声をかけた。

「ああ、ほんとに勿体《もったい》なかったですよね」

「あそこは、料亭だったんだろう?」

「そうなんです。老舗《しにせ》の料亭で、名前は〈武州楼《ぶしゅうろう》〉といい、先代まではけっこう流行《はや》っていたんですが、なんか料理が昔ふうだというので、客は新奇《しんき》な料亭のほうに流れちまったみたいですね」

ペルリが来て以来、江戸の料理の潮目《しおめ》がずいぶん変わってきたとは聞いている。

「潰れたのは最近かい?」

「いや、もう一年ほどになりますよ」

「それからはずっと空き家かい？」

「そうですね。買い取りたいという話はあったみたいですが、値段の折りあいがつかなかったみたいです」

「じゃあ、火が出たときは、なかに誰もいなかったのか？」

「そりゃそうでしょう」

「じゃあ、付け火に間違いないか」

「狐火《きつねび》ってことはないですか？」

　町役人としては、不審火は狐火などにしたほうがありがたいのだ。下手《へた》したら、火の用心を怠《おこた》ったと言われかねないのだろう。

「それはないと思うぜ」

「あんなふうに焼け残っていると物騒《ぶっそう》なので、早いとこ、壊して片付けたほうがいいんですけどね」

「もうちっと待ってくれ。いろいろ見ておきたいところがあるんだ」

「はあ」

「前の持ち主ってのは、生きてるのかい？」

「生きてます。嘉右衛門《かえもん》さんといいまして、七十ほどになってます。店が潰れたあと、だいぶ頭がぼんやりしてきたそうですよ」

「だが、一年前はちゃんとしてたんだろう？」

「まあね」

だったら、話を訊いてみたい。

「いまの居場所は？」

「築地《つきじ》本願寺《ほんがんじ》の裏のあたりにいますよ」

「行ってみるよ」


ということで、三ノ助とともに訪ねたのは、南小田原町《みなみおだわらちょう》の小さな店で、稲荷寿司《いなりずし》をつくって売っているとのことだった。

あるじの嘉右衛門は、稲荷寿司のタレで煮しめたような浴衣《ゆかた》をだらしなく着て、裏庭に面した縁側《えんがわ》に座っていた。

「あの料亭のことを訊きたいんだがね」

「焼けちまったって聞きましたよ」

嘉右衛門は、どんよりした目で亀無を見て言った。

「聞いたかい」

「なーんもかも。あたしが丹精《たんせい》こめてつくった庭も丸焼けだって。旦那、なんとかしてくださいよ」

「無理言うなよ」

「いい庭だったんですぜ」

「それでな、料亭のなかがどうなっていたのか、思いだしてもらいてえのさ」

「思いだせ？」

「間取りとか。細かいところだよ」

「間取り？　ああ、一階が六畳、二階が四畳半」

「それじゃ、二間しかねえだろう」

「二間の家でしたから」

「そんなにせまかったのか？」

亀無は不安になって、三ノ助を見た。三ノ助は、人差し指を頭に向け、くるくるとまわした。たぶん、惚《ぼ》けているのだという合図である。

「ほかに一緒にいた人はいるかい？」

「ああ、おまつが一緒でした」

「おまつさんの話が聞きたいね」

「おい、おまつ！」

嘉右衛門は、店のほうで稲荷寿司をつくっている女を呼んだ。

「おい、こっちへ来い！　高松《たかまつ》の旦那がお呼びだ」

高松の旦那って誰だろうと思いつつ、亀無は黙《だま》っていた。

「おまつ、おまつってうるさいね。あたしは娘のおひででしょうが」

やってきた女はそう言った。

娘の名前がわからなくなっているというのは、かなりのものだろう。

「すまんが、前の料亭の間取りのことを訊いていたんだが、嘉右衛門さんは二間しかなかったというんだよ。そんなわけはねえよな？」

「二間？　そんなわけないですよ」

おひでがそう言うと、

「一階が六畳、二階が四畳半」

嘉右衛門がそう言ったのに、

「それは、おとっつぁんの妾《めかけ》の家でしょうが。あんな若い娘に入れこんで、家なんか買ってやったりして、それも料亭が潰れた理由のひとつでしょうが」

おひでは叱《しか》りつけた。

「じゃあ、おとっつぁんじゃなく、あんたに訊きたいんだよ。あの料亭の間取りとか、庭の造りとか」

亀無はおひでに言った。

「それだったら、板前だったうちの人も覚えてますから。おまえさん、ちょっと来ておくれよ」

おひでは、亭主を呼んだ。

食いもの商売をやっているわりには、無精髭《ぶしょうひげ》はあるし、髪はぼうぼうだし、これも潰れた一因ではないかと思われたが、それは言わずに、焼けた料亭の造りについて、亭主に事細かに教えてもらったのだった。

七

家や庭の造りは、微《び》に入り細《さい》に入り聞きこむことができた。

ただ、亀無の頭のなかには、これが実際にかたちを伴《ともな》ったものとして浮かびあがってこない。

これではただの図面で、人がここを動きまわる様子が想像できないのだ。

——どうしよう？

亀無は考えあぐねたあげく、この図面をかたちのあるものに、つくり変えることにした。

早めに役宅に戻ると、奥の間の机の前に座りこみ、一心不乱《いっしんふらん》に細工《さいく》仕事に取りかかった。材料は、寄せ集めた経木《きょうぎ》と割り箸《ばし》である。これで、実物をそのまま小さくしたような、おもちゃの家をつくりはじめたのだ。

割り箸を削《けず》り、膠《にかわ》でくっつけ、経木をあてて、貼っていく。できるだけそっくりになるように、色を塗ったり、線香の先で焼いたりもする。

途中で、隣の松田家で遊んでいたおみちが帰ってきた音がした。志保も一緒であろう。どうやら晩ご飯も、松田家で食べさせてもらったらしい。

このところ、ほとんど毎晩、ご飯もお風呂も一緒に済ませている。

——志保はどういうつもりなのだろう？

嫁ぎ先の大高家からは出ているが、正式な離縁には至っていない。

いったい、この先、どういうことになるのか、亀無はまったくわからない。

志保にしても、おみちのことは可愛く思っても、亀無まで可愛いとは思っていないだろう。

――こんなちりちり頭の情けない男を、誰が好きになるんだよ。

と、亀無は内心でひとりごちた。

しばらくして、不意に戸が開いた。

「あれ？　父上、帰ってたの？」

やっと亀無がいるのに気づいたのだ。

「ほんとだ。剣之介さん、早かったのね」

おみちと志保が入ってきて、

「うわあ、なにこれ？　おもしろい！」

おみちが顔を近づけた。

「おっと、触《さわ》るんじゃないよ」

「どうして？」

「これは大事なものなんだよ。捕り物のためにつくってるんだ」

「捕り物のため？」

「そう。だから、黙って見てなさい」

そう言って、植栽《しょくさい》に見立てるため、綿《わた》を丸めたそれらを、池のまわりに並べた。

いい感じに再現できている。

さらに、門から玄関までの脇にも並べ、白いままだと植栽っぽくないので、細かく切った葉っぱをまぶすようにして、糊《のり》でくっつけた。

その脇に木が三本、梅と柘榴《ざくろ》と紅葉《もみじ》で、これらも同じように緑色に染めた。ただ、いまはこれらの木は熱風に焼かれて、棒杭《ぼうぐい》のようになっている。

——建物や庭は、ほぼ完成だ。これに小さな人形をつくれば、下手人の動きもなんとなくわかってくるぞ。

その小さな人形は、割り箸を小刀で削ってつくりはじめた。

「ねえ、剣之介さん」

志保が笑みを含《ふく》んだ声で言った。

「ん？」

「もしかして楽しんでない？」

「え？」

「楽しそうだよ」

志保は皮肉っぽくそう言って、

「さあ、おみっちゃん、もう寝ようか」

と、寝間のほうに連れていった。

──楽しそう？

言われてみれば、すごく楽しんでいる自分に気がついた。

捕り物のためにはじめたことなのに、なんでこんなに楽しいんだろう？　もしかして、おいらはこういうみみっちい遊びが好きなのか？

それは、おいらという人間が、みみっちくできているからではないか？　ほんとは町方の同心なんかするよりも、こちょこちょと細かい手仕事をするほうが、性に合っているのではないか？

だが、自分のことで深く考えるのはやめにした。

心のなかというのは、なにがひそんでいるかわからないところがある。つらいならともかく、楽しいのだから、考えてもしょうがないではないか。

人形も二体できた。ひとつは竜蔵、もうひとつはまだ誰かわからない下手人である。下手人は、間違いなくこの中庭のほうにいたはずなのだ。

──あれ？

わからないことが出てきた。これにはないものが、あの焼け跡にはあった気がする。小さなものではない。元の持ち主だった人たちが、忘れるはずがない、大きなものだった。

――なんだろう？

翌日――。

亀無はこの小さくした屋敷を持って、三ノ助とともに、またも汐留橋のたもとの現場にやってきた。

「これだ。元の主の図面になくて、実際にあったのは」

亀無が指差したのは、塀だった。

高さ一間半（二メートル）もある高い塀が、厠のあたりから門の近くまで、途中焼けたところはあるが、斜《なな》めに横切っている。

「なんだろうな、この塀は？」

「厠でも隠したかったんですかね」

「厠？」

厠は焼けて、崩れてしまった。

「いや、厠はちゃんと壁で覆《おお》われていたはずだぜ。こんな塀で囲う必要はなかっただろう」

「中庭のなかの塀ですか」

「意味のない塀だよな」

「元の持ち主が忘れていたってことはないですか？」

「ないな。ふたりとも細かいところまで、じつによく覚えていた。こんな妙なものを、覚えていないわけがない」

「とすると？」

「この塀の板を見てみな。そこらの板を引っぺがして使ったみたいだぜ」

「母屋《おもや》のほうを壊して、この塀をつくったんでしょうか？」

「たぶんな」

「ひと晩じゃ無理ですよね？」

「うん。さすがに昼間はやってねえだろう。夜中に幾晩か忍びこんで、つくりあげたんだろうな」

「下手人の仕業《しわざ》なので？」

「そう考えるのが自然だろう」

「ということは、殺しに利用されたわけで？」

「おそらくな」

「塀と殺しとつながりますかね」

三ノ助は首をかしげた。

「しかも、材料は古い板でも、ちゃんとした塀になってるぜ。素人《しろうと》の仕事じゃないみたいだ」

「下手人は大工《だいく》ですか？」

「大工あがりの火消しかもな」

亀無はそう言って、焼け残った塀を揺さぶったりした。

八

塀の意味は、いくら考えてもわからない。

「三ノさん。おいらは、まだ聞き足りていねえな」

「塀のことですか？」

「いや、それは頭の隅に置いとくとして、殺された竜蔵について、ほとんど知っちゃいねえ。大勢に、憎まれ、嫌われていたってことだけで、竜蔵がわかったような気になっちまっていた」

「じゃあ、竜蔵のことを訊いてまわりましょうか」

「ああ。竜蔵は独り身だったけど、め組の纏持ちだ。女のひとりやふたりはいたはずだぜ」

「たしかに」

「誰に訊けばわかるかな。竜蔵はたぶん、火消し仲間に女のことなんかなにも言ってないと思うぜ」

「旦那。そこはあっしにおまかせを」

三ノ助はまかせろというように腕を叩いた。

さすがに、三ノ助はたいしたものである。

この日の夕方には、

「竜蔵の女を見つけました」

と、言ってきた。

「どうやって、わかった？」

「あの近所には、竜蔵に憧《あこが》れる娘っこが何人もいましてね。そいつらに訊いたんですよ」

「みな、あたしが竜蔵の女だってか？」

「いいえ、それが意外なことに、竜蔵は女のことでは意外にカタブツでしてね。

自分を追っかけるような娘には、いっさい手を出していねえんです」

「へえ」

「そんな娘のうちのひとりが、竜蔵の女は誰なのか気になったんでしょう、あとをつけたりしたんだそうです」

「ははあ」

「それで、それらしい女を見つけたけども、娘からしたら意外な女で、あれは竜蔵さんの姉さんかもしれないと言ってたんです」

「姉さんなのか？」

「いや。あっしは確かめました。女です。間違いなく、竜蔵が惚《ほ》れてた女でした。娘っこのほうは、相手もてっきり自分と似たような女だと思っていたから、姉さんかと思ったんでしょうね」

「なにしてる女だい？」

「産婆《さんば》です」

「ほう」

たしかに意外である。

「名前を、おようと言いましてね、竜蔵より、三つ四つ歳上でしょう。器量だったら、竜蔵を追っかける娘っこたちのほうがずっと上ですが、優しげな女です。あれが飲み屋でもやっていたら、男はどんな悩みも打ち明けちまうでしょうね」

「竜蔵のことは確かめたかい？」

「確かめました。竜蔵とできていたことも認めたし、竜蔵が死んだことも知ってました。それ以上のことは、旦那から聞いてもらおうと思いましてね」

「わかった」

おようの住まいは、源助町《げんすけちょう》の裏店《うらだな》だというので、ふたりでその家を訪ねた。

だが、近くで赤ん坊が生まれそうで、さっき出ていったというので、家の前で待つことにした。

半刻ほど待つと、おようは疲れた顔で帰ってきた。

「あら、さっきの親分さん」

おようは軽く目を瞠《みは》った。竜蔵より三つ、四つ歳上と三ノ助は言ったが、亀無にはもうちょっと上に見えた。疲れているせいもあるかもしれない。

「無事、産まれたかい？」

三ノ助が訊いた。

「難産でしたが、なんとか無事でした」

「それはよかった。それで、こちらは亀無の旦那だ。あんたから、くわしい話を訊きたいとおっしゃってな」

「すまんね。疲れているところを」

亀無は軽く頭をさげて言った。

「いえ。お茶も出せませんが」

と、おようはふたりを家に招き入れた。

上がり口が台所も兼ねた四畳半の板の間で、奥は六畳間だった。縁側の向こうには、せまいけれど小さな庭もついていて、鉢植えがいくつも並んでいる。

忙しいはずだが、掃除の行き届いた、きれいな住まいだった。

「竜蔵は残念だったな」

と、亀無は言った。

「はい」

「所帯《しょたい》でも持つことになっていたのかい？」

「それはなかったでしょうね」

「そうなの？」

「あたしは、竜さんより六つも歳上でしたから」

おようはそう言うと、寂《さび》しそうにうつむいた。

「竜蔵はどんな男だったんだい？」

「竜さんは、粋《いき》がってましたからね。め組の纏持ちだってことで。しかも他人にはつっかかるし、偉そうだったし、みなから嫌われているのは、当人もわかってましたよ」

「そうなの」

「あたしから見たら、竜さんは怖がりで、自信がなくて、だからああして、つっぱらかっていたんだなって思いますよ」

「怖がりで自信がない？」

「ほんとは、火事だって怖かったんだと思います。酔って寝たときなんか、寝言でそう言ってました。ああ、恐い、恐い。なんで火消しになんかなっちまったんだろうって」

「そうなの？」

「意外でしょ？」

「そんなふうには見えなかったがな」

「裏返しなんですよ。ふだんの見た目で人はわからないって、お産の手伝いしててもしょっちゅう思いますよ。竜さんも、強がっていただけ」

おようはそう言って、母親のような顔をした。もしも竜蔵が粋がっていたとしても、この女の前ではずいぶん楽な気持ちになれていたに違いない。

だから、あんな小娘たちは相手にしなかったのだろう。

「竜蔵は、子どものときから火消しに憧れてたのかね？」

「いいえ、竜さんは、もともとは大工になりたくて修業したけど、不器用だったので諦《あきら》めたんですから」

「もとは大工？」

亀無は三ノ助を見た。

もしかして、あの塀をつくったのは竜蔵自身だったのか？

「板橋《いたばし》のほうでね。でも、そのことは誰にも言ってなかったみたいです。ただ、腕のほうはなかなかあがらなかったらしく、腕のいいやつが憎くて、ひどいことをしたこともあると言ってました」

「ひどいことをな……」

亀無は背筋がざわざわした。

ついに核心に迫るような話が聞けるのではないか。

「同じ修業中の人で、宮大工《みやだいく》に憧れている人がいて、実際腕もよく、宮大工の棟梁がその人の仕事を見にきたこともあったみたいです。でも、竜さんは悔しかったんでしょうね。その人の仕事にケチをつけたんです」

「というと？」

「鉋《かんな》を入れたところを、もういっぺん竜さんが鉋を入れたり、鋸《のこぎり》で傷を入れてみたりしたらしいです。それで、その人の宮大工の話も駄目になって、おれは、若いときはよく他人を妬んだものだったと言ってましたよ」

「ほう」

「ときには、おれはくだらねえ人間なんだと、泣いて悔やんだりしたから、よほどすまないと思っていたんでしょうね」

「そいつは、竜蔵のしたことに気づいたのかな？」

「どうでしょう？　喧嘩になれば竜さんは強かったでしょうから、泣き寝入りしてたかもしれませんね」

「そうか」

亀無はまた、三ノ助を見た。

三ノ助は黙ってうなずいた。

以前、板橋で大工修業をしたことがある火消し。殺した理由は、大勢の恨みつらみに混じって、過去のなかにひそんでいたのではないか。

三ノ助なら洗いだしてくれるはずだった。

九

わからないことだらけのまま、どうにも行き詰まった気持ちで役宅に戻ってくると、すぐに志保が来て、

「剣之介さん。兄がまた話を訊きたいって」

「ああ」

そろそろ呼ばれるころだとは思っていた。

「わかった。すぐにうかがいます」

「おみっちゃんは、うちでご飯も済んでるし、お風呂も入れといたわよ」

「いつも申しわけない」

恐縮しながら行ってみると、松田はいない。

「あれ？　いま出かけましたよ」

と、松田の妻の花江《はなえ》が不思議そうに言った。

「え？　呼んでこいと言って出かけてしまったの？」

志保も呆れたように言った。

「なあに、すぐ戻るでしょう。待たせてもらいます」

と、亀無は松田の書斎に入り、いつも座る席に腰をおろした。

しばらく待つが、なかなか戻ってこない。もしかしたら、忘れたのかもしれない。そういうのは、松田には珍しいことではない。恐ろしく記憶力が優《すぐ》れているかと思えば、三歩あるくと忘れるところもある。

部屋はきれいに片付いていて、うどんを打った様子も、釣り竿を磨《みが》いた様子もない。

「遅いなあ」

と、つぶやいたが、亀無はハタと思いだしたことがあった。

――前にもこんなことがあったよな。

まだ、十歳前後のころではないか。松田に呼ばれてやってきたが、どこかに出かけたみたいでいなくなっていた。

――あのとき、どうなったんだっけ？

過去の記憶をたどると、さらに思いだしたことがあった。

亀無は立ちあがり、床の間の脇の押入れの前に行き、

「もしかして」

と、言うと、

「ぷっ」

松田が噴いた音がした。

「やっぱり」

と、襖《ふすま》を開けると、

「よくわかったな、剣之介」

松田は笑って言った。まったく照れたり悪びれたりもしていない。亀無が見つけなかったら、まだまだこのなかにいるつもりだったのか。

「いや、まあ」

「調べもその調子でやれ。そなたの気を引き締めてやろうと思ってな」

それで押入れに隠れるというのは、どういうことなのか。

「呼んだわけはわかっていると思うが、め組纏持ち殺人事件のことだ」

「ええ」

近頃、松田は自分が扱う殺しを「殺人事件」と漢語《かんご》ふうに気取《きど》って呼んでいるのだ。

「だいぶ苦しんでいるようだが、殺しというのは間違いないのだな？」

「それは間違いありません」

「で、下手人は？」

「それはまだですが、まもなくわかると思います」

いま、三ノ助が必死で捜してくれている。

「じゃあ、なにがわからぬ？」

「殺しの手口です。それをあきらかにしないと、いくら怪しくても、捕縛するわけにはいきません」

「あたりまえだ。殺しのときのことを話してみろ」

「はあ」

亀無は、自分が目撃したこと、そしていままであきらかになったことを、どうせ訊かれるだろうと思って持ってきた、例の縮小版の家を見せながら説明した。

「なんだ、剣之介、こんなこともわからぬのか？」

「はい」

「そやつは、地獄殺《じごくごろ》しを試《こころ》みたに違いない」

「地獄殺し？」

そんな言葉は、初めて聞いた。

「恨みが深いため、相手を地獄に落とそうと、地獄を再現しようとしたのだ。炎と煙が渦巻くような光景こそ、まさに地獄だろう」

「ははあ」

たしかに、そういう絵は見たことがある気がする。

「そなたは、凶器を細い槍《やり》だと思っているようだが、違うぞ」

「違うので？」

「凶器は炭の針だ」

「炭の針？」

そんなものは見たことがない。

「いいか。こういう手順だ。纏持ちは、熱くなると水をかぶるわな」

「かぶります」

「水ではなく、油を入れておいたのだ」

「なんと」

「それをかぶったものだから、火が燃え移った。しかも、瓦屋根に油を撒けば、つるつる滑る。竜蔵はまっさかさまに落ちた。油地獄に炎熱地獄だ。そこへ、下手人は硬い炭でつくった剣山《けんざん》を置いていた。針地獄というやつだ。そこに落ちたものだから、ぶすぶすっと炭の針が刺さり、竜蔵は死んだ」

「へえ」

「そこを業火《ごうか》が襲ったから、遺体は油のせいでますます燃え、一部の炭の針が体内に残ってしまったというわけさ」

「なるほど」

「ま、多少は間違っているところもあるかもしれぬが、その線で調べてみよ」

「わかりました」

亀無はそそくさと退散した。玄関を出る間際に、志保がそばに来て、

「今日のも笑えた？」

と訊いた。

「いや、まあ」

その場では笑えないから、いつも家に帰ってから腹を抱《かか》えるのである。

十

翌日——。

亀無は今日も三ノ助とともに、汐留橋のたもとの犯行現場に向かうつもりである。ただ、その前に、立ち寄りたいところがあった。

会って話を訊いてみたい人がいる。

今度の一件にはまったくかかわっていないが、以前から面識がある〈い組〉の頭である。あの人なら、亀無にはわからないが、大事なことを教えてくれるのではないか。

い組の頭の家は、日本橋本町《にほんばしほんちょう》の裏通りにあった。やはり、鳶の棟梁も兼ねている。

「これは亀無さま」

頭は穏《おだ》やかな笑みを見せた。

さすがに、いろは四十七組の筆頭と言うべき、い組の頭である。

あの三人の頭のような異様さはまるでなく、良識と知恵と、江戸の町への情愛を漂わせていた。

「じつは訊きたいことがあってな。先日の火事で、め組の纏持ちが死んだことは知ってるかい？」

「ええ。聞きました」

「じつは、これをおいらは殺しだと思っているのさ」

「殺しですって？」

亀無はあのときの状況と現場を、持ってきた例の縮小版の家を見せながら、くわしく説明した。

「なるほど。火をつけて、纏持ちを誘いだしてから、下からなにかして屋根から落としたとおっしゃるんですね」

い組の頭は、察しがいい。

「無理かね」

「纏持ちがここにいて、下手人が下にいるわけですね」

縮小版の家を指差しながら、頭は言った。

「そうだね」

「火元はどこらです？」

「いちばん焼けたのは、このあたりだったな」

二階建ての母屋の一階部分を指差した。

「風は、こっちに吹きつけてたんですね」

「そう」

「ははあ。下手人は煙に巻かれているはずですがね」

「煙に？」

「火消しが怖いのは、火よりもむしろ煙なんです。こいつをまともに吸っちまうと、咳《せ》きこんでしまって、火を消すどころじゃねえ。咳きこむならまだいい。なんにも見えなくなって、その場でぶっ倒れて、お陀仏《だぶつ》ですよ。下手人がここにいたとしたら、煙をまともに吸いこんでいたでしょうね」

「ちょっと待ってくれ。でも、ここにだぜ、こんなふうに屏があったら？」

亀無は、別につくって持ってきていた縮小した屏を、中庭のところに置いた。

「なるほど。すると、煙はこの屏に遮《さえぎ》られて、こっちに流れていく。それなら、下手人は纏持ちの真下で、なにかやれたかもしれませんね」

「それか」

亀無は膝を打った。

「なんです?」

「じつは、この塀は、いつの間にか夜中につくられていたんだよ。なんで、そんなものをつくったのかわからなかったんだけど、煙避けだったんだな」


「そりゃあ、用意周到な下手人ですね」

「いや、じつに参考になった。頭。ありがとうよ」

亀無は礼を言って、外に出た。


これで下手人は、竜蔵のすぐ下に近づくことができるのがわかった。下でなにかをし、竜蔵を殺してから、脇のほうを乗り越えたりして、逃げることもできる。火消しが出入りしても、誰も変だと思う者はいない。

だが、なにをしたかである。

松田重蔵は、下から油をかけて、足を滑らせたと言ったが、瓦にそんな跡はなかった。そして、硬い炭でつくった剣山の上に落ちたとか言っていた。

硬い炭でつくった剣山というのはおもしろいが、実際には無理というものだろう。それは、松田重蔵の突飛《とっぴ》な頭のなかだけで起こりえることなのだ。

――槍ではないのか？　あの小さな棒は、なんだったのか？

亀無は考えあぐねた。

だが、北町奉行所に戻ってくると、前の広場で、三ノ助が微笑みながら待っていた。

「おい、まさか？」

「わかりました。昔、大工の修業をして、いまは火消しになっていた男が」

「わかったか」

「しかも、板橋の棟梁のところで修業して宮大工に憧れたけど、どうも誰かに邪魔されたらしくて江戸に出てしまった男というのも、確かめてきました」

「板橋でかい？」

「ええ。こんな季節ですので、祠《ほこら》の軒先《のきさき》で寝ることもできたんでね」

よく見れば、三ノ助の着物は汚れ、無精髭が生えている。板橋から戻ったばかりらしい。

「そいつは？」

「す組の纏持ちの欣次郎ですよ」

「そうか！　よくやった三ノさん！」

調べは大きく進捗《しんちょく》したはずである。

十一

ところが、奉行所のなかに入ると、新米同心の早瀬百次郎が近寄ってきて、

「亀無さん。有名人は大変ですね」

ニヤニヤ笑いながら、そんなことを言うではないか。

「なに言ってんだよ？」

「これですよ、これ」

早瀬が見せたのは瓦版《かわらばん》である。

「今度の殺しのことを書いたんですよ」

「まだ、なにもわからねえのに？」

目の前に出された瓦版を見ると、

「なんてこった」

亀無は顔をしかめた。それには、こんなふうに書かれてあった。

「め組の纏持ちの竜蔵の死は殺しだった。しかも下手人は火消し仲間らしい。北町奉行所の切れ者同心〈ちぢれすっぽん〉が動いている。筆者が『ほんとなんで

すかい?』と、訊いたら、ちぢれすっぽんはニヤリと笑った。これは、殺しだと認めたのと一緒である」

「ほんとに訊かれたんですか?」

早瀬が訊いた。

そういえば、昨日だったか、顔見知りの瓦版屋になにか訊かれた気がする。だが、亀無は適当に笑ってごまかしたつもりだった。

「いいかげんなことを書きやがって」

亀無は怒る気にもなれなかったが、しばらくしたら、これを読んだ火消しの連中が騒ぎだした。め組はもちろん、あの火事に出動したす組とも組の頭が、

「おれたちが殺したというんですか」

と、直接、北町奉行所に文句を言いにきたのだ。

しかも、奉行所の門前には、四百人以上の火消しの衆が押し寄せた。同心たちも、この勢いには怖気《おじけ》づいて、

「門を開けるな」

「籠城《ろうじょう》だ、籠城しかない」

などと言いあうばかりである。

町奉行は、たまたま評定所の会議に出かけていて、ちょうど戻ったときが騒ぎの真っ最中で、

「いま、戻るとまずい」

と、評定所のほうに引き返してしまった。

こうなると、頼りになるのは松田重蔵しかいない。

「よし、まかせろ」

と、松田は悠然と、火消し衆の前に姿を見せた。

「松田さまだ！」

火消し衆にも、松田は絶大な人気がある。一同をぐるりと見まわして、

「落ち着け、みなの者！」

と、呼びかけた。

「ですが、松田さま」

「あっしらを人殺し扱いをなさるなんて」

「ひどいじゃありませんか！」

「騒ぐんじゃねえ！」

松田重蔵が睨みつけた。

すると、あの三人の棟梁たちが、

「へいっ」

肩をすくめ、畏《おそ》れ入った。

よくよく見れば、顔の大きさも、眉根《まゆね》に皺《しわ》を寄せたときの目つきの鋭さも、そして貫禄でも、松田重蔵はまったく負けていないのである。

――すごい。

と、亀無はあらためて、松田の見映《みば》えのよさに感心した。

「明日、午の刻（正午）に、火事の現場で決着をつける。担当の亀無が、すべてをあきらかにしてみせる。それでよかろう」

と、松田は朗々《ろうろう》たる声音《こわね》で言った。

これを聞いた亀無は、真っ青になった。

――明日までって……。

果たして、間に合うのか。

十二

次の日の午の刻――。

汐留橋のたもとは、大勢の火消し衆でごった返していた。

そこへ馬に乗った松田重蔵が、征夷大将軍《せいいたいしょうぐん》にもなれそうな迫力と貫禄で現われた。手綱《たづな》を引いていたのは、数集めで駆りだされた農民兵さながらの亀無剣之介である。

松田と亀無は、火消し衆が見守るなかを、焼け残った門のところまで進み、止まった。

松田は馬からおりると、一同を見まわし、

「亀無剣之介。語ってやれ。真実というものを、あきらかにしてやれ」

と、言った。

「はい」

亀無は視線が自分に集まるのを感じた。まるで役者にでもなったみたいで、気《き》後《おく》れしてしまう。

これは自分の役目ではない。横町から横町へ、こそこそしながら人の話を訊いて歩く——それが自分の役目である。

「わかりやすく話してやれよ」

松田はさらに言った。

この場から逃げたいが、そんなことができるわけがない。

亀無はうなずき、語りだした。

「まず、おいらは竜蔵が死んだとき、竜蔵はいろんなやつに恨まれていたという噂を耳にした。それで、その噂が本当か訊いてまわると、たしかに竜蔵は恨まれていた。その数、およそ五百人にも及ぶほどだった。とても、こんなに大勢からひとりを絞《しぼ》りきることはできねえ。

だが、おいらはちょうど竜蔵が屋根の上で見えなくなったところを、この眼で見ていたんだ。いま思えば、竜蔵は向こうの中庭をのぞきこむため、少し下のほうへおりたという感じだった。もしかしたら、誰かが向こうで竜蔵を呼んだのかもしれねえ。

さて、ここで起きた火事だが、ここはめ組の火消しの縄張りだが、そのいちばん端っこにあたる。お堀の向こうは、す組とも組の縄張りだ。もしも火の粉が飛べば、す組やも組の縄張りも焼けることになるので、当然、す組もも組も駆けつけてきた。纏持ちである竜蔵は、あんたたちのすぐ目の前に、姿をさらしたわけだ。竜蔵を殺そうと思っていたやつにしたら、恰好《かっこう》の舞台ができたわけだ。

　では、そんな火事が偶然に起きたのか？」

　亀無は、いったんここで言葉を区切り、一同を見まわした。

　誰もが口をつぐみ、亀無の次の言葉を待っている。

「偶然なんかじゃねえ。これは火付けだった。焼けたのは、誰も住んでいねえ元料亭。南風が吹く晩を狙って、下手人は向こう側の母屋に火をつけた。だが、火事はすぐに発見され、半鐘がかき鳴らされ、火消し衆が集まってきた。

　ところで、この中庭には、料亭のときにはなかったものが建てられていた。高さ一間半ほどもある塀だった。なんのために塀なんかつくったのか。それはみながよく知っているように、向こう側の建物が焼けて南風に煽られたとき、こっちに吹きつけてくる煙を避けるためだった。火消しにとっていちばん怖いのは、炎より煙だからな」

「へぇーっ！」

　と、火消し衆から感心したような声があがった。同心のくせにわかっているじゃねえかという、称賛らしかった。

「この塀は、夜中に忍びこんだ者が、母屋の板を引っぺがしたりしてこしらえたものだった。そのわりにしっかりしたもので、これをつくった者は大工仕事の経験があるのではないかと、おいらは推察した。

ところで、死んだ竜蔵は、最初から火消しに憧れたわけじゃねえ。大工になろうと板橋のほうで修業をしたが、不器用なところがあり、諦《あきら》めてしまった。そのとき、腕のいい大工に対し、妬みを覚えることもあったらしい。

このふたつのことから、おいらはかつて板橋で大工をしていた火消しに、あたりをつけてみた。すると、そういうやつがいた。

す組の纏持ちの欣次郎。前に出てきてくれ」

亀無に呼ばれ、欣次郎は憤然とした表情で、門の前に出てきた。一同の視線は欣次郎に集まり、騒ぐ者もいない。

「おめえは、いまから七年前、板橋の弥兵衛《やへえ》という棟梁のところで、大工の修業をしていたよな？」

「してましたが、それが？」

「そこには、のちにめ組の纏持ちになる竜蔵もいた」

「さあ、どうでしたっけねえ。弥兵衛のおやじのとこには、大勢の弟子がいましたので、覚えちゃいませんね」

「そうか。まあ、それはあとまわしにするとして、夜な夜なあの空き家に忍びこんで、煙避けの塀をつくるなんてのは、大工あがりの火消しじゃなきゃできねえことだった」

「だから、あっしが怪しいと？」

「ああ」

亀無はうなずいた。

「旦那。大工あがりの火消しなんか、あっしと竜蔵とふたりきりだと思ってなさるんですかい？　そんなのは、この三つの組だけでも数十人はいますぜ」

欣次郎がそう言うと、

「おれも大工あがりですぜ」

「あっしもです」

という声が、あちこちから聞こえた。

「それだけじゃねえ。おめえは竜蔵に対して、深い恨みを持つようなことがあった。おめえは腕のいい大工で、宮大工に憧れていた。実際、宮大工の棟梁が噂を聞いて、おめえを見にきたことがあった。ところが、おめえの仕事に小細工を加えた野郎がいた。上から下手《へた》な鉋《かんな》をかけ、鋸《のこぎり》のはみだし跡をつくったりしたのだ。それは、おめえの腕を妬んだ竜蔵の仕業だった。

おめえもそれに気づき、竜蔵を咎《とが》めようとした。だが、竜蔵は当時から腕っ節の強さは桁外《けたはず》れで、おめえは喧嘩をしても勝つ自信はなく、文句を言うこともできなかった。まもなく、竜蔵は板橋を出て芝に流れ着き、火消しになった。おめえのほうも日本橋石町《こくちょう》の親戚のところに来て、火消しになり、纏持ち同士として再会することになった。

つまり、おめえだけは別の恨みを持っていた。な、欣次郎？」

「へえ。竜蔵はそんなことをしてたんですかい？　昔から、性根《しょうね》の腐《くさ》った野郎だったんですねえ」

「それが同じ火消しの纏持ちとして、でかい面《つら》をしていた竜蔵を見たら、そりゃあ殺したくもなるわな」

亀無がそう言うと、火消したちのなかに、うなずく者が何人かいた。だが、

「どうですかねえ」

と、欣次郎はとぼけ、

「だいたい、恨みがあっても、殺すとはかぎりませんぜ」

「そうかい？」

「だって、ここにいるほとんど全員が竜蔵を恨んでいたと、旦那は最初におっしゃったじゃねえですか」

「言ったよ」

「だったら、竜蔵はもう五百回も殺されていてもおかしくねえ。つまりは、恨んでいるから殺すとはかぎらねえでしょ」

この欣次郎の言葉には、三人の頭だけでなく大勢の火消したちもうなずいた。

「だから、おめえはそれを利用して、五百の恨みのなかに、まぎれこもうとしたんだろうが」

「あっしをドブ鼠《ねずみ》みたいに言わねえでくださいよ」

欣次郎がそう言うと、火消したちはドッと笑った。

なんだか、亀無は観客を喜ばせる狂言《きょうげん》でも演じているような気がしてきた。

「剣之介。しっかりやれ！」

脇で松田重蔵が、激励《げきれい》するように言った。

「だが、あのとき竜蔵を殺すことができたのは、あんただけなんだよ」

亀無は欣次郎の顔を指差した。

「なぜ?」

「屋根の裏側にいたのは、あんただけだったからだよ」

「どうして、そんなことがわかるんです?」

「じつは、焼けた竜蔵の腹と足から、こういうものが出てきたんだ」

亀無はそれをみなに見せた。

「なんですか、それは。ただの焼けぼっくいですか。焼けぼっくいに火をつけようってんですか?」

欣次郎がそう言うと、また笑い声があがった。

「これは、矢のかけらだ。竜蔵は矢を打ちこまれたので、あの屋根から下に転がり落ちたんだ」

弓矢を使ったのではないかというのは、昨日、思いついたことだった。

「だが、弓矢というのは、なかなか難しいもんだ。屋根の上の人間に、そうそう命中させることはできねえ。それができたのは、楊弓の名人のあんただからだ」

「こじつけはやめてくださいよ」

「こじつけじゃねえ。まずは、ひとり目の証人に出てもらおう。おい、矢場《やば》の女将さん」

亀無は横を見た。

横には、いつの間にか三ノ助が控《ひか》えていた。

三ノ助は亀無の後ろの、焼け残った門を開いた。なかから気取った足取りで現われたのは、四十くらいの粋な中婆《ちゅうばあ》さんである。

「おい、欣次郎。この人は知ってるよな」

「なんでえ、誰かと思えば、矢場の婆あだろうが。なんでこんなところに、のこのこ出てきやがったんだ？」

「へっ。なに息巻いてやがる。あんた、まもなくお終《しま》いになるんだよ」

矢場の女将は負けじと毒づいた。

「最初は矢のようなもので突き刺したのかと思ったが、この焦げた棒は槍にしては細すぎる。だったら弓矢かと、思い直したんだ。だが武士ならともかく、弓矢となると、そうそううまくは扱えねえ。そのとき、町人はよく矢場で遊ぶことに気づいた。それで芝界隈の矢場を訊いてまわったら、この女将さんにめぐりあったってわけさ」

江戸の盛り場に、矢場は欠かせない。十間ほど離れた的《まと》に矢を当てて遊ぶのだが、使う弓矢は楊弓という小型のものである。

ただ、小型でも張りはしっかりしていて、矢さえ尖《とが》っていれば、充分に殺傷能力のあるものだった。

「へっ。矢場くらい誰だって行くでしょうが」

「だが、おめえは、楊弓がめっぽう上手《うま》かったらしいじゃねえか。なあ、女将さん？」

亀無は女将に訊いた。

「ええ、上手かったです。名人でしたよ」

「婆あ。話を合わせるんじゃねえ」

と、欣次郎は凄《すご》んだ。

「じゃあ、ここの現場で使った楊弓はどうしたか？ それについても、女将さんから証言してもらおうか？」

亀無は、女将をうながすように顎《あご》をしゃくった。

「この人はね、かっぱらいですよ」

「なんだと？」

「あんたがうちの楊弓をそっと盗んでいったのを、あたしゃ見てたんだよ。お得意さまだし、火消し衆の、しかもす組の纏持ちだしと思って黙っててやったけど、この同心さまに聞いたところじゃ、ずいぶんなことをしでかしたみたいだね」

「やかましい。婆あは引っこんでろ」

言い返そうとする矢場の女将を、亀無は「まあまあ」と宥《なだ》めて、

「この女将の矢場から盗んだ楊弓が、竜蔵殺しに使われた凶器だったんだ」

と、言った。

「馬鹿言っちゃいけねえ。弓矢で殺したのだったら、矢が竜蔵の身体に刺さって、残っていたはずじゃねえですか？　あったんですか、矢は？」

「だから、これだよ」

と、さっきの焦げた短い棒を見せた。

「へっへっへ。そんな短い棒を、どうやって射るんですか？」

「使ったときは、もっと長かったんだよ」

「それを見せてくださいよ」

「見せるよ。おめえ、竜蔵に矢を放ったとき、あいにくと、ぜんぶは命中しなかったんだよな。一本か二本は外してたんだ。外した矢は、どうせ暗い夜空を飛んでお堀に入ってしまったと思うよな。ところが、諦めずに探してみるもんだよ。

夜中までかかったけど、お堀の手前の桜の木の上のほうに、これが刺さっていたのさ。天網恢恢疎《てんもうかいかいそ》にして漏《も》らさずってやつだ。ついてなかったよな」

「…………」

「考えたもんだよな。矢は、普通の矢じゃなかった。おめえは材木屋に行き、堅い樫《かし》の木の板をあがない、それを細く切ったうえで、鉋で丸く削った。元大工のおめえなら簡単な仕事だよな。これで矢ができあがった。しかも、その矢をあらかじめ炭にしておいて、それを放ったんだ。それなら焼けた遺体と一緒に見つかっても、まわりの木が焼けたものだろうと、誰も気に止める者はないはずだった。ところが、竜蔵はおめえが期待したほど、丸焼けにはならなかったんだ」

「そ、そんなもの、あっしは知りませんよ」

そう言った欣次郎の顔は青ざめ、強張《こわば》っていた。

「知らねえはずがねえ。おいらは樫の棒を炭にすることまで思いついても、それをやるとなれば大変だろうと思った。炭焼きにでも頼んだのか。だが、江戸のど真ん中に炭焼きをしているやつは、なかなかいない。火消しのおめえは、郊外までそんなことをしに行くゆとりはねえ。火事はいつ起きるかわからねえもんな」

「…………」

「そのとき、ハッと思いついたのさ。そういえば、増上寺《ぞうじょうじ》の裏のあたりに、黒焼《くろや》き屋《や》てえのがあったよなって」

亀無がそう言うと、

「あーっ」

と、おもにめ組の火消したちから声があがった。

「そう。いもりの黒焼きが有名だよな。黒焼きなら、生き物までうまく炭にするくらいだから、堅い棒だって炭にすることができるんじゃねえかってな。

そこでふたり目の証人だ。ちっと耳が遠いから、おかしなやりとりになるかもしれねえが、勘弁してくれ」

亀無はそう言って、三ノ助を見た。

三ノ助がふたたび門を開けると、今度は七十過ぎの、にこやかな爺《じい》さんが現われた。

「おやじさん。今日はわざわざすまねえな」

亀無は、爺さんの耳のそばで、大きな声で言った。

「なんですかい、みなさん、おそろいで」

「黒焼きのことを話してもらいてえのさ」

「黒焼きは効きますよ。とくに、いもりの黒焼きときたら、効くの効かねえのって、女は泣いて頼むほどですぜ。あたし、もう、駄目になってしまいそう。明日また、して。明日もよってね」

爺さんの芝居っ気たっぷりの話に、火消したちは笑った。

だが、欣次郎はまったく笑っていない。

「それで、あんたのところは、なんでも炭にできるのかい?」

と、亀無は訊いた。

「だいたいはね」

「矢はどうだ?　弓矢の矢は?」

「へえ、できますけど。でも、炭の矢を撃つのは流行ってるんですかね?」

「なんで?」

「この前も来てたから」

「ほう。いくつぐらいの男だった?」

「二十七、八ってところですかね」

「顔に特徴はなかったかい?」

「顔はどこにでもある顔ですが、彫り物がね」

「あったのかい？」

「火消しみてえな倶利伽羅紋々《くりからもんもん》ですよ」

「火消しだって？　そこにいる男も火消しだぜ」

亀無は欣次郎を指差した。

「あ、なんだ。この人ですよ。この前、矢を十本ほど、炭にしてくれと言ってきたのは。なあ、あんただったよな」

爺さんは笑顔で話しかけたが、欣次郎は黙ってうつむくばかりだった。

火消し衆が、ぞろぞろと帰りはじめていた。もう言い逃《のが》れもできないと、見定めたようだった。め組、す組、も組の頭たちも、松田重蔵に丁重に挨拶すると、それぞれ別の方角へと帰っていった。

亀無はそんな様子を見て、

「竜蔵はな、おめえのことを悔やんでいたそうだぜ」

と、立ち尽くしている欣次郎に声をかけた。

「え？」

「おめえがす組の纏持ちになっていたことは、まったく知らなかったみたいだった。だが、竜蔵がおめえにしたことは覚えていて、腕のいい宮大工になれる男の足を、引っ張るようなことをしてしまった、おれはくだらねえ男なんだと、酔っ払うと泣いたりしてたんだとさ」

「……それは、ほんとですか？」

「ああ。竜蔵が一緒になるつもりだった女が言ってたことだから、間違いねえだろうよ」

亀無は、竜蔵は産婆のおようと、本気で一緒になるつもりだったと確信していた。おようは竜蔵にとって、かけがえのない、唯一、心が休まる女だったのだ。

欣次郎の握《にぎ》っていた拳《こぶし》が、ぶるぶると震えだした。

「そうですか。だったら、あっしも悔やんでしまうことをしてしまいました。みなに嫌われていた竜蔵を殺すことは、みなのためになると思っていたが、その大《おお》元《もと》には若いときの恨みがあったのです。でも、そのことを竜蔵が悔やんでいたと知ったなら、あっしも殺すまでのことはしなかったと思います。竜蔵さん、すまなかった。あっしは早まっちまったみたいだな……」

欣次郎はそう言って、両手を突きだすようにしながら、崩れ落ちたのだった。

第三話　呪われた風呂

一

ここは浅草猿屋町《さるやちょう》にある湯屋〈菊《きく》の湯《ゆ》〉である。

暮れ六つを過ぎたばかりだが、なかは空《す》いていた。少し前まではずいぶん混んでいたのだが、この刻限になると、晩飯時になるからか、さあっと客がいなくなるのだ。ただ、それにしても客は少ない。

洗い場には誰もおらず、湯舟に四人の男が入っていた。四隅《よすみ》を埋めるようなかたちで、それぞれが中心に向かって足を伸ばしている。

だが、そのうちのふたりは、

「こうも熱いと、長っ風呂には入っていられねえや」

「まったくだ」

そう言って、ざくろ口から洗い場のほうへ出ていった。

残されたのはふたりである。

すると、片割れが、

「やっぱり、おれにはあの五十両は必要なんだ」

と、小声で言って、

「あっはっは」

大きな声で笑った。

「そんなことは駄目だ、西次郎《とりじろう》」

「だったら、善太《ぜんた》。おれはおめえを殺すしかなくなっちまうぞ」

西次郎と呼ばれた男は、また、低い声で言い、

「へっへっへ」

声音《こわね》を変えて笑った。

洗い場にいるふたりには、仲良く話していると思われるはずである。

「もう、その話は終わりだ。おいらは湯から出たら、番屋《ばんや》まで持っていくよ」

「頼む、善太」

西次郎は手を合わせた。

「駄目だ、駄目だ」

善太と呼ばれたほうは、鼻で笑って相手にしない。

するとそのとき、酉次郎は立ちあがり、小窓のところから引きだした包丁で、いきなり善太の胸を刺した。すでに決心していたのか、動きにためらいはなかった。包丁は心ノ臓に刺さったのだろう。善太は声をあげることもできず、

「くう」

と、奇妙な声をあげただけだった。

暗いのと、目を合わせなかったのとで、善太の最期の表情はわからない。もしも見てしまったら、いつまでも夢でうなされるだろう。すぐに湯のなかへ突っ伏してしまったのは、ありがたかった。

それと、ひと思いにやれたのもよかった。

善太とは、何度か自分が死ぬときのことを話しあったりした。

そのとき、ふたりとも死ぬのは怖くないが、苦しむのは嫌だ、殺されるようなときも、ひと思いにやってもらいたいと、そんな話になったものだった。

おれたちは、たいがいのことでは気が合ったのだ。考えが違ったのは、今度が初めてと言ってもよかった。

続いて酉次郎は、崩れ落ちる善太を引きあげるようにすると、首から胸まで斬りおろした。包丁の先は、ごつごつとあばら骨に当たって、深くは入りこめない。

――呪《のろ》いのせいにするのだったら、これでもいいか。

と、酉次郎は思った。

それから酉次郎は、包丁を小窓から外に出し、なに食わぬ顔で湯舟を出ると、洗い場に行って腰をかけた。

ふたりとも、こちらに目を向けてこない。湯舟の異変には気がついていないのだ。

「ふう」

と、酉次郎は小さくため息をついた。ここさえ成功すれば、あとはどうにでもなるはずだった。

手拭《てぬぐ》いや身体がわずかに血の色に染まっているが、洗い場の水でこすると、すぐに洗い流すことができた。

「〰高い山から谷底見ればぁ、よいよいと」

大きな声で唄《うた》をうたいながら、家から持ってきた糠袋《ぬかぶくろ》で身体を磨《みが》きはじめる。

そのうち、別の客がふたり続けて入ってきた。六十くらいのおやじと、五十くらいの中婆さんである。

西次郎はまだ洗い場にいて、出ようとはしない。ここで出てしまえば、逆に自分に疑いがかかる。ここにいて、湯屋に憑《つ》いた呪いのせいにするしかない。

汗はなかなかひかず、もういっぺん湯舟に浸《つ》かりたいくらいである。

騒ぎが起きたのは、あとから来たふたりが、ざくろ口をくぐって、しばらく経ってからだった。

声がして、悲鳴があがった。

「どうした、どうした？」

「死んでるみたいだよ」

「なんだって？」

先に来ていたふたりも手伝って、ざくろ口の下から男を引っ張りだした。

「あれ？　この人はたしか……」

血は湯舟に流れ出てしまったのか、さほど無残《むざん》な感じの遺体ではない。

そこで西次郎が、

「善太。どうしたんだ、いったい？」

と、遺体にしがみついて叫んだ。

「誰がやったんだ！」

西次郎は咎《とが》める目で四人を見たが、

「あっしじゃねえ」

「あたしも知らないよ」

ひとりがつぶやくように言った。

「呪いだ。やっぱり、この湯屋は呪われてるんだ」

二

北町奉行所、臨時廻り同心の亀無剣之介が、新米同心の早瀬百次郎と一緒に、浅草橋から蔵前のほうへ歩いていた。

「なんだよ、呪いの殺しって」

亀無は歩きながら、文句を言った。

「その湯屋ってのは、呪われているんですよ」

「でも、起きたのは殺しなんだろ？」

「だから、呪いが引き起こした殺しなのではと」

「わけわかんねえよ」

亀無は頭を掻《か》きむしった。縮れっ毛が、いつにも増してチリチリになった。

「殺しがあったのは、浅草猿屋町の湯屋なんですが、その湯屋ではふた月半ほど前にも人が殺されたんです。殺されたのは若い女で、湯に入っているところに飛びこまれ、胸や腹を包丁でメッタ刺しにされて亡くなったんです」

「その殺しも百ちゃんが担当したわけ？」

「いいえ、南町奉行所が月番でしたので、わたしは担当などしてませんよ」

「そうか。それで下手人は？」

「すぐに捕まりました。殺したほうも若い女で、近くの呉服屋の若旦那をめぐって、憎しみあいがこじれたみたいですよ」

「裁きはまだ？」

「終わりました。殺した女は斬首《ざんしゅ》になりました。また、若旦那のほうも、ふたりにいい顔をして、女の気持ちを弄《もてあそ》んだというので、江戸所払《えどところばら》いになってます」

「それがなんで呪い話になるの？」

「この女たちは、たがいに丑《うし》の刻参《こくまい》りをしていて、呪いあってましてね、刺されたほうも亡くなる前に、呪ってやるぅーっと、狼《おおかみ》の遠吠《とおぼ》えみたいに喚《わめ》いたんだそうです。これはまたなにかあると、近所の者は、みな心配していたそうです。それでそこからわずかふた月半後には、得体《えたい》の知れない殺しでしょ。あのへんの連中は、みな呪いの殺しだと騒《さわ》いでいるんですよ」

「近所の連中が騒いでるからって、百ちゃんまで本気にしなくてもいいだろうよ。あんたが大好きな松田重蔵さまだって、怪力乱神《かいりょくらんしん》を語《かた》らずというのを信条として、そんな話はまったく信じていないぜ」

「いやあ、でも聞けば聞くほど、なんらかの呪いが、かかわっているみたいなんです。ぜひ、亀無さんに見てもらいたいんですよ」

「でも、これ、百ちゃんが担当してるんだろ？」

「いや、担当というか、たまたま最初の報《しら》せを受けて駆けつけたのが、わたしだったというだけで」

「それが担当したってことなの」

「それはそうでしょうが……」

「まあ、いちおう見るけどさ。そういうわけのわからない事件は、百ちゃんみたいな若い人がやってくれたほうがいいんだけどなあ」

亀無はまったくやる気がしない。

だいたい、呪いとか怨念《おんねん》とか、そういうのは苦手なのである。

短い人生なのだから、呪ったり怨《うら》んだり面倒《めんどう》くさいことはやめようよ、心穏《おだ》やかに微笑《ほほえ》みながら生きていこうよと、これは江戸中の人に言いたい。

「あ、ここの湯屋です」

「ここかあ」

見た目はまだ新しい、こぎれいな湯屋である。変なあやかしに祟《たた》られているようには見えない。

入り口の前には奉行所の中間《ちゅうげん》がいて、客は入れないようにしてある。

「ご苦労さん」

と声をかけて、早瀬と亀無はなかへ入った。

遺体はまだ、洗い場に寝かされてある。若い男で、歳のころは二十五、六といったところか。筋肉のつきはさほどでもなく、お店者《たなもの》か、職人かという身体つきである。脇には、検死役の市川一玄がいて、

「おう、おめえが来てくれたか」

と、亀無に軽く微笑んだ。

「おいらは来たくなかったんですが、この百ちゃんが、どうしても来てくれって

言うもんで。おいらも忙しいんですけどね」

「だよな」

「呪いの殺しだとか、わけのわからないことを言ってるんですがね」

「うーん。たしかに、変なことは変なんだ」

「そうなんですか」

と、亀無は遺体の傷に目をやり、

「見たところ、斬り傷に刺し傷みたいですが？」

と、言った。

呪いの殺しだったら、首が真後ろにねじ曲がっていたり、目ん玉が顔から飛びだしていたり、唇が耳まで裂けていたりするのではないか。

この遺体の顔は、じつに穏やかなものである。

「そう、凶器は包丁にしては刺し傷が小さいから、短刀かねえ。致命傷になったのは胸の刺し傷だろうな。なんの悲鳴もあげなかったというから、こっちが最初で、そのあとで首から胸へと切り裂いたんだ。湯舟は血の海だよ。ただ、凶器はどこにもないぞ」

「ないわけないでしょう」

「ところが、殺しがあってから、ここを出ていったやつは誰もいねえと言うし、誰も刃物なんざ持ってねえんだぜ」

市川は、脱衣場のほうに並んで座っている五人の男女を指差して言った。

「名前と家は訊《き》いてある？」

亀無は早瀬に訊いた。

「ええ。書き留めてありますし、ざっと話も聞きました」

「番台《ばんだい》のおやじは？」

亀無は、どうしていいかわからないという顔で番台に座っている、小柄なおやじを指差した。

「あれは、ずっとあそこに居っぱなしなんです。どうも、殺しだと聞いた途端《とたん》、恐怖のあまり、座り小便《しょんべん》をして動けなくなっているみたいです」

「ははあ、そういう顔をしてるね。でも、湯屋には、ほかにも誰かいるだろ？　釜焚《かまた》きはどうしてたの？」

「ここは釜焚き専門の男はいなくて、おやじが自分で、湯を沸かしているんです。上がり湯の追加も自分でやるから、ふだんはしょっちゅう、番台と湯釜のあいだを行き来しているみたいです」

「三助《さんすけ》は？」

江戸の多くの湯屋には、背中を流したり掃除をしたりする、三助という役目の男も置かれていた。

「三助もいないんです。おやじがしみったれで、いままで雇わずにやってきたみたいです」

「だから、あんまり流行《はや》らねえんじゃないの」

それから亀無は、身をかがめてざくろ口のなかをのぞき、

「あ、なんだ、上のほうに小窓があるじゃねえですか。殺したあとで、そこから刃物を放ったんでしょうよ」

と、言った。小窓は湯気が逃げにくいように、せいぜい五寸四方くらいしかない。しかも、鳥や鼠が入れないように、縦に二本、格子がつけられていた。

「そんな高いところにある小窓から、放れるか？」

市川がそう言うと、

「小窓の向こうも見ましたが、なにもなかったです。だいたい、裸で刃物なんか持ってたら、斬りつける前に騒ぎになるでしょう」

と、早瀬が言った。

「ふうん。それで、殺されたのは誰かわかってるの?」

亀無は早瀬に訊いた。

「ええ。この近くの伊右衛門《いえもん》長屋に住む善太という者で、相棒と一緒に、夜鳴《よな》き蕎麦《そば》屋をやってるんです」

「夜鳴き蕎麦屋か」

「相棒は一緒に湯に来て、いまもあそこに座ってます。西次郎といって、同じ長屋で向かいあわせの部屋に住んで、まもなくふたりで大通り沿いに、ちゃんとした蕎麦屋を出すことになっていたみたいです」

「ちゃんとした蕎麦屋をね」

亀無は、どっちかというと屋台の夜鳴き蕎麦のほうが好きなのだ。ちゃんとした蕎麦屋にはない、うらぶれた気持ちを慰《なぐさ》めてくれる、夜風や町の明かりなどの風情《ふぜい》といったものがある。

「しかも、西次郎が言うには、善太ってえのはいいやつで、あいつを憎んだり殺したいと思ったりしてた人がいるなんて、信じられないと言ってました」

「そうか。でも、いい人間だから殺されねえってことはないんだよなあ」

「あそこに座っている五人が五人とも、あれはなにか得体の知れないものの仕業《しわざ》だって言ってるんです。善太は、誰もいない湯舟で悲鳴ひとつ立てるでなく、死んでいたなんてことが、普通に考えてあるわけねえでしょうと」

「じゃあ、祟ったわけ？」

「ええ」

「だったら、百ちゃん、その祟りの主《ぬし》を連れてきてよ」

「そんなあ……」

「奉行所じゃ、姿のないものは裁けないぜ。お奉行に、見えない悪党相手に裁きを言い渡せって言うわけ？」

「いや、まあ」

「百ちゃんが言いなよ。おいらはそういうことは言えないから」

「勘弁してください」

「これは、普通の殺しだよ」

亀無は断言した。

「そうなんですか？」

「下手人も凶器も、それと善太が殺された理由も、探せば見つかるよ」

「探せば？」

「そう。探しきれてないだけ」

「そうでしょうか？」

「探すのは百ちゃんだよ」

「わたしですか？」

「そりゃあそうだよ。助けてやってもいいけど、おいらにまかせっぱなしは駄目だぜ。丸一日やるから、調べられることは、ぜんぶ調べといてくれよ」

「わかりました」

早瀬は、追いつめられたような顔でうなずいた。

三

——亀無さんに相談したのは、間違いだったかもしれない……。

早瀬百次郎は、かかわりがあった者を訊きこんでまわりながら、何度もそう思った。

とにかく人使いが荒い。それはわかっていたが、つい相談してしまった。

亀無に対する評価は、奉行所内にも毀誉《きよ》褒貶《ほうへん》がある。

褒める者は、

「なんのかんの言って、解決しなかったことはない」

「あの松田重蔵さまが一目置《いちもく》いているのだから、本物に決まっている」

と、その実力を認めるが、

「あんまりしつこいから、下手人が勝手に吐いちまうのさ」

「手がかりは、すべて松田さまが指摘してるらしいぜ」

と、まったく認めない者もいる。

むしろ、後者のほうが多いかもしれない。

とりあえず早瀬としては、丸一日、夜もろくに眠らず、調べられるかぎりのことを調べて、翌日、奉行所にいた亀無のところにやってきた。

「おう、百ちゃん。だいぶわかってきたんじゃないの？　もしかして、下手人の見当もついちゃった？」

「いやあ、見当なんかまったくついてませんよ」

「でも、あのとき湯屋にいたのは、殺された善太以外には五人だけだろ？　ということは、そのなかにいるんじゃないの？」

「いやあ、だって善太に恨みを持っているようなやつは、誰もいませんよ」

「だったら、おかしいだろうよ」

「だからですね、あの五人が呪いかなにかでぼんやりしていた隙《すき》に、何者かが入ってきて、善太を殺したってこともありえるんじゃないですか？」

「じゃあ、その何者かは見つかった？」

「それはまだですが……」

「善太は、酉次郎と一緒に、ちゃんとした蕎麦屋をやるはずだったんだよな。でも、元手《もとで》がいるだろう。それはあったのかね？」

「ありました。すでに二十両ずつ貯めていて、合わせて四十両になっていたそうです」

「すごいね。その金はあったの？」

「ありました」

「家にあったのかい？」

「いや、違うんです。酉次郎に訊いたら、善太はどこかの札差《ふださし》にあずけていて、その証文はあるはずだというので探したら、ありました。蔵前《くらまえ》の〈泉州屋《せんしゅうや》〉という札差で、確認のため行ってみると、たしかにあずけてました」

「そういうのは、善太が亡くなると、どうなるんだろうな？」

もしかしたら、相棒の西次郎に行くのだろうか？

「それは、いま四谷《よつや》で働いている甥《おい》っ子に行くことになってましたよ。そのことは、西次郎も言ってました」

「へえ、西次郎は知ってたのか？」

「知ってましたね。じつは、おいらはもしも殺しだとしたら、西次郎がくさいかなと思っていたんです」

「お、気が合うね。おいらもそう思ってたんだよ」

「でも、それはないでしょう。善太に死なれたら、金は自分のものにならないばかりか、蕎麦屋を持つための元手も半分になっちまうんですから」

「だよな」

と、亀無はうなずき、

「ところで、善太は独り者だったのかい？」

「ええ」

「付き合ってる女とかは？」

「いなかったみたいです」

「そうなの。死に顔しか見てないけど、もてそうな感じしたけどね」

「でも、誰に訊いても、女はいなかったそうです」

「西次郎と善太は、どこで知りあったの？」

「同じ信州《しんしゅう》の出だそうです。一緒に江戸へ出てきたと言ってました」

「そうなの」

「ただ、西次郎のほうには女房がいます」

「あら、女房、いたの？」

「ええ。名前は、おさとと言って、近くのお旗本の家で、飯炊きや洗濯をしています」

「じゃあ、通ってるんだ？」

「ほんとは通いなんですが、最近、そこのお屋敷で奥方が亡くなったらしくて、ここんとこ、泊まりこみをさせられているそうでして」

「そりゃあ大変だな」

「大変みたいです」

「でも、会わなきゃ駄目だぜ」

「会いました」

「へえ、会ったの？　どうやって？」

「中間に袖《そで》の下を渡しました」

早瀬は照れたように言った。

これには亀無も驚いて、

「へえ、百ちゃんて、意外に世慣れてるんだね。おいら、そういうことはしたことないよ。あんまり品《ひん》がいいとは言えないしね」

「なにぶん必死でしたので」

「それで、どんな女？」

「色っぽくてびっくりしましたよ。新宿《しんじゅく》の百姓の娘らしいんですが、江戸に出てきてすぐに酉次郎と知りあって、一緒になったそうです」

「若い者同士で、のぼせちまったんだろうな」

「でも、善太が殺されたことは知りませんでした。ここんとこ、屋敷から出てないし、酉次郎とも会えずにいたみたいで。あんないい人がって驚いてましたよ」

「そのおさとに、善太が惚《ほ》れていて、三人のあいだがこじれたなんてことはあるかな？　以前、仲のいい駕籠屋《かごや》の相棒同士が、女がらみで殺しになったこともあるんだぜ」

「善太が惚れてたというのは、ありえるかもしれませんが、それを怒って酉次郎が殺したというのはどうですかね」

「ないか？」

「だって、おさとが善太に色目でも使ってるならまだしも、酉次郎にベタ惚れですよ。こんな泊まりこみは早く終わって、酉さんのところに行きたいって。善太さんが亡くなってどんなに悲しんでいるか、かわいそう〜って、こうですから」

「口真似《くちまね》はよせ。気味悪いから」

「すみません」

「じゃあ、下手人は？」

「やっぱり、なにか怨念みたいなものが……」

早瀬はそう言ってうつむいた。

「…………」

亀無も一緒にうつむいた。

四

「しょうがねえ。おいらも一緒に行くか」

亀無は立ちあがった。早瀬にまかせていても、怨霊が下手人という説が強まるばかりだろう。

奉行所を出て、浅草猿屋町の菊の湯に向かった。

もちろん、早瀬も一緒である。

湯屋にはもう、遺体はない。この暑いさなかにいつまでも早桶《はやおけ》に入れてはおけず、さっさと埋葬してしまったはずである。

洗い場には、遺体のかわりに、僧侶と神主《かんぬし》がいた。

「すみません。いま、取りこみ中でして」

と、あるじが詫《わ》びた。

「お払いかい？」

「そうなんです」

ただ、坊主と神主が一緒に来てしまったらしく、それでもたがいに譲《ゆず》りあって、仏式と神式でお払いをしていた。

「一緒にやっちゃ、逆に効き目も薄まりそうだけどな」

亀無の声が大きかったので、早瀬はあわてて、

「そういうこと言っちゃ駄目ですよ」

と、たしなめた。

僧侶と神主が引きあげると、

「わずか数か月のあいだに、二度もこんなことがあるなんて。やっと近頃、客が戻ってきつつあったのに」

おやじの愚痴《ぐち》ること、愚痴ること。

「だから、おいらが呪いなんかじゃないことを、あきらかにしようとしてるんだろうが」

「呪いじゃないんですか？」

「あたりまえだ。もう一度確かめるけど、あのとき、客は殺された善太をのぞくと、五人だけだったのは間違いねえな？」

「間違いありません」

「じゃあ、誰が番屋に報せに行ったんだ？」

「それは、殺された善太の相棒ですよ」

「西次郎だな」

「ええ」

西次郎は、ずっとここにいたわけではないのだ。

「それで、番屋に報せて、戻ってきたんだ？」

「はい」

「そのあいだ、ほかの四人はなにをしてた？」

「いやあ、もう、ぼんやりしちまって、裸のまま突っ立ってましたよ」

「ほかの客の出入りはなかったのか？」

「何人か来ましたが、あんなことがありましたから、帰ってもらって、暖簾《のれん》も入れちまいました」

「それで、西次郎と一緒に番屋の者が来たわけだ？　それは何人、来た？」

「番太郎《ばんたろう》と、町役人がおふたりです」

「それで、奉行所に報せにきたのは、番太郎か？」

「だと思います。あたしはもう、ぼんやりしちまって」

「わかった。ありがとよ」

そう言って、亀無は次に、五人のうちの勘吉《かんきち》と三蔵《さんぞう》の家を訪ねた。

勘吉は居職《いしょく》の小間物《こまもの》職人で、三蔵は左官《さかん》の職人。

ふたりは同じ長屋の住人で仲がよく、菊の湯にもいつも連れだって来ていたという。

ただ、今日はまだ三蔵は仕事先から戻ってきておらず、勘吉に話を訊いた。

「騒ぎが起きる前、おまえたちはふたりで湯舟に浸かっていたのかい？」

亀無は訊いた。

「ええ」

「そのとき、湯舟には誰がいた？」

「ふたりいました。でも、それが誰だったかはわかりませんよ。殺された善太は見覚えはあったけど、べつに親しくしていたわけじゃなかったですし。まあ、明るいところで会えば、挨拶《あいさつ》くらいはしたかもしれませんが、なんせ、湯舟のなかは暗いし、湯気がたちこめてましたし」

「だが、そいつらは生きていたんだな？」

「生きていたと思います。まさか、死んでるかもしれねえなんて考えもしなかったでしょうが、普通に湯に浸かってましたから」

「それから、どうした？」

「なんせ熱いんで、あっしと三蔵は一緒に洗い場に出て、身体を洗いはじめました。あっしらは、どっちものぼせるたちで、長っ風呂ではないんです」

「そのあいだも、変な声や物音はなかったんだな？」

「気がつきませんでしたね。あ、でも、ふたりの笑い声はしていたような気がします」

「笑い声がな」

「それで、どれくらい経ちましたかね、あっしらは近所の飲み屋の女将《おかみ》で、おたまっていう色っぽい女の話に夢中になってましてね。そのうち、女の悲鳴がしたんですよ。若い娘じゃなく、魚屋の婆さんてえのはわかったから、まさか誰かに乳を揉《も》まれたとかいうんじゃねえだろうと気にもしなかったんですが、なんか騒ぎが大きくなってきたんで、三蔵が『どうしたんだ？』と訊いたら、『死んでる、死んでる』って」

「そのとき、洗い場には誰がいた？」

「え？　ああ、もうひとり、殺された善太の友達がいましたね」

「なるほど」

「それからあとは、あっしもなにがなんだか、わからねえんですよ。すっかり気が動転しちまって」

「だろうな。だが、よくわかったよ」

「三蔵はもう少し、よく覚えているかもしれませんぜ」

「いや、いい。ありがとな」

次に、やはり近所の魚屋のおかみの話を聞くことにした。

おかみのおせんは、婆さんというよりは少し若くて、せいぜい五十前後。いまも客に湯屋の出来事について、しゃべっているところだった。

「おかみさん。その話をおいらにも話してくれよ」

と、亀無が割って入ると、

「ええ。あたしはいつものように暮れ六つになると、店はこのぐうたら亭主にまかせて、湯屋に行ったんですよ」

おかみは喜んで話しだした。

「そのとき、なかには誰がいた？」

「あたしがなかに入ったときは、脱衣場には誰もいませんでしたよ。でも、ちょうど下駄屋《げたや》の新右衛門《しんえもん》さんが来たばかりらしくて、裸になって洗い場に入っていったところでした」

菊の湯も、江戸のたいがいの湯屋と同様に、入口と脱衣場は男女別だが、そこから先、洗い場と湯舟は混浴という造りになっている。

「それから、あたしは少し遅れて入って、ざくろ口をくぐったら、変な錆《さび》くさいような匂いがしたんですよ。それでも、腐《くさ》ったような匂いじゃあないんでね。ゆっくり首まで浸かりましたよ。いま思えば、血の池に浸かってたようなもんでしょ。なんだか気味悪くて、もう菊の湯には行けませんよ」

「それで、死体にはいつ気づいたんだい？」

「新右衛門さんのほかにもうひとり、誰かいるのはわかってたんですよ。奥のほうで、足伸ばしちゃってね。でも、そういう入り方をする人はいるので、気にもしなかったんですけど、そのうち新右衛門さんが、『おい、具合でも悪いのか？』って、声をかけたんです。でも、返事なんかないですよ。シーンとしちゃってね。あたしもなんか薄気味悪くなったんですが、『どうも、変だぞ』って、新右衛門さんが身体を揺すると、ぐるっとまわってうつぶせになったんです」

おせんがそう言うと、亀無の脇で聞いていた女の客が、

「やあだぁ」

と、大きな声で言った。

「それであたしは、『死んでる！』って、もうわけがわからなくなって、気づいた

ときは男湯の脱衣場で裸で座っていたんです。あれはいま思うと、恥ずかしくて、恥ずかしくて」

おせんが身悶《みもだ》えすると、脇から亭主が、

「誰もおめえの裸なんか見ねえよ」

「やかましい、ぐうたら亭主」

「どこがぐうたらだ。仕入れは、おれじゃなきゃできねえだろうが」

「ふん。売れそうもない魚ばっかり仕入れてきやがって」

と、夫婦で罵《ののし》りあった。

「おいおい、いいかげんにしなよ」

「あら、申しわけありません。でもね、旦那。あの善太ってのはいい人ですよ。夜鳴き蕎麦屋をやってるでしょ。それで、天麩羅《てんぷら》にする烏賊《いか》のゲソと海老《えび》は、いつもあたしの店で買うんですよ。烏賊なんかいつも、あたしが捌《さば》いてやってるんですがね、できるだけ立派《りっぱ》なゲソをわけてあげてたんですよ。もう恐縮《きようしゆく》したりしてね、あの人は誰かの恨みを買うような人じゃありませんて。あれはね、旦那、間違いなく祟り。あの、前に殺しあいしたふたりってのが、これがどっちも生意気で……」

「そっちはいいんだ。ありがとな」

亀無は早瀬に目配《めくば》せして、さっさと退散した。


次に訪ねたのは、下駄屋の新右衛門である。

「あんたが、善太の遺体に気がつくまでの話を聞かせてもらいてえんだ」

「わかりました。ええと、昼過ぎにうちの店に妙な客が来たあたりからはじめますか？」

「いや、そこらは飛ばしてくれていい。湯屋に入ったところからはじめてくれ」

「わかりました。あたしが菊の湯に入ったとき、脱衣場には誰もおらず、洗い場には三人がいました。あっしは、『よう、暑いなあ』てなことを言って、すぐにざくろ口をくぐり、かけ湯を一杯浴びて、湯舟に浸かりました。もう暮れ六つ過ぎですからね、なかは暗くて、慣れるまでは手探りですよ。それで、やっと目が暗いのに慣れてきたんです。まったく、歳を取ると、すぐには暗闇でものを見ることができないんですね。旦那なんか、まだお若いからわからねえでしょ？」

「うん、まあ、わからねえな」

「それで、ようやく目が慣れると、奥に足を伸ばして浮いてる野郎がいたわけですよ。なんだよ、態度のでかいのがいるなとは思いましたが、まあ、下手《へた》に文句つけて、相手がやくざ者だったりするとまずいんでね。黙《だま》って浸かってましたよ。ほんとは、覚えたばかりの小唄《こうた》でも唸《ひね》りたかったんですが、それも我慢してね」

「うん。それで？」

江戸の年寄りは、話がまどろっこしいのだが、あんまり急《せ》かすと機嫌を悪くして話さなくなるので、上手《じょうず》に合いの手を入れないといけないのだ。

「まもなく、魚屋のおせんさんが来たのはわかりました。内心はがっかりですよ。じつは近所に飲み屋をしてるおたまってのがいて、これがいい女でして。歳はちょっといってて三十七、八くらいですかね。でも、女はそこらあたりからですぜ。小娘なんか相手にしてるのは、女を知らねえんですよ」

「浮いてるやつはどうなった？」

「あ、そうだ。おせん婆さんから目をそむけるから、どうしてもそいつに目が行きますわな。でも、ぴくりともせずに浮いてるんで、たしか、『具合でも悪いのか？』って訊いたんですよ。でも、返事をしやがらねえ。おかしいなあと身体に触れたら、ぐるっとまわりましてね、突っ伏すようになった。生きてたら、ああはなりませんわな。そしたら、おせん婆さんが騒ぎだして、それから、洗い場にいた連中に手伝ってもらって男を外に出すと、見覚えのある善太が血を流していたというわけで」

「なるほどな」

「あたしが思うに、あのとき、死んだ女の亡霊が来てたんですね」

「うん。亡霊の話は、また今度な」

と、亀無は下駄屋から出てしまった。

亀無は、下駄屋の前の通りに立ったまま、

「これまで聞いた話をまとめてみな」

と、早瀬に言った。

「まとめる？」

「流れを整理してみるんだよ。最初に勘吉と三蔵がいて、そこへ善太と西次郎が来たわけだろう？」

「そうですよね」

「四人で湯舟に浸かるうち、勘吉と三蔵は洗い場に出たんだ。それで、魚屋のおせんが来たときは、洗い場に三人いて、下駄屋の新右衛門はざくろ口をくぐるところだった。それから、善太の遺体の発見となるわけだ」

「なりますね」

「生きている善太と、最後にふたりきりになったのは？」

「西次郎だけですね」

「だろ？　だったら、下手人はあきらかだわな」

「西次郎がやったんですか？」

「やったんだろうな」

「うん」

早瀬は頭を抱えた。

「まだ解《げ》せねえのかよ？」

「だって、裸で、どうやって斬るんですか？」

「それだよな。でも西次郎は、番屋に報せるのに、いっぺん外に出てるんだぜ。そのときになにかやれたんだろうな」

亀無もしばらく黙った。

五

「まずは、西次郎と話してみようよ」

と、亀無は歩きだした。

すでに暮れ六つが迫《せま》りつつある。善太が死んで、丸二日が経っている。

「亀無さん、そこです」

伊右衛門長屋は、菊の湯からすぐで、三十ほど数えるうちに着いてしまった。

長屋の脇に、屋台が置いたままになっている。

西次郎の家の戸は開けっ放しだが、棟割り長屋で、風通しも悪そうである。

「ごめんよ」

なかをのぞくと、若い男がぼんやり座って、茶碗でなにか飲んでいた。

「これは町方の旦那……」

「酒かい？」

と、亀無が訊いた。

「いいえ、あっしは酒が飲めねえんで。これは水です」

部屋を見ても、寝具以外はほとんどなにもない。女房のおさとともども、かなり切りつめた暮らしを送ってきたらしい。

「まだ、商売ははじめねえのかい？」

「なんか、力が抜けちゃいましてね」

「だが、やらねえわけにはいかねえだろう？」

「どうですかね。善太とあっしは、信州の同じ村の出でしてね。一緒に江戸へ出てきて、ずうっと一緒に蕎麦屋をやるってつもりで頑張《がんば》ってきたので、あいつが死んだら、なにも考えられなくなっちまったんですよ」

その顔に、嘘は感じられない。なにもかもが振りだしに戻ってしまって、虚脱《きょだつ》状態にあるのだろう。

「もう蕎麦屋を持つ支度《したく》も、ずいぶん調《ととの》っていたんだってな？」

「元手はできたんで、あとはぴったりの店を探すだけでした」

「いくらずつ貯めたんだい？」

「二十両ずつ、合わせて四十両です」

それだけあれば、表店《おもてだな》も借りることができるだろう。

「善太は、札差にあずけていたんだってな」

「そうなんですよ。利子もつくみたいです」

「おめえは、どこにあずけてるんだ？」

「あっしはここに隠してますよ」

「見せてくれよ、二十両」

亀無は催促した。

「なんでですか？」

「いちおう確かめてえんだ」

持ってなかったら、善太の二十両が欲しくなったかもしれない。あるいは、なにか隠されている嘘が見つかるかもしれない。

「旦那に隠し場所を教えるんですか？」

「おいらは町方の人間だぞ」

「それでも隠し場所はねえ」

「じゃあ、出すところは見ねえよ」

「ちょっと待ってください」

西次郎はしょうがないといった顔で、戸を閉めた。

しばらくなにかしているようだったが、戸が開いて、長屋の左右を見ると、

「なかに入ってください」

と、言った。

亀無と早瀬が入ると、

「これです」

と、手のなかの小判の包みを見せた。手に土がついているので、おそらく床下のどこかに埋めてあったのだろう。

「爪に火をともすようにして貯めた金ですぜ」

亀無が数えると、たしかに二十両あった。

「女房にも内緒にしてますので、黙っててくださいよ」

「そうなのか」

やはり、善太とのあいだで、金のいざこざはなかったのか。

「なんで、おめえは、あずけておかなかったんだ？」

「あずけちまうと、自分の金って感じがしなくなるんですよ」

それも、もっともだった。

「わかった。じゃあな」

亀無はそう言って、伊右衛門長屋の路地から外の通りに出た。

「あいつが怪しいですか？」

後ろから来た早瀬が訊いた。

「怪しくないか？」

「幼馴染《おさななじ》みを殺すようなやつには見えませんけど」

亀無は長屋のほうを振り返って言った。

「おいらもそう見えるよ。でもな、百ちゃん、人ってのはわからないんだぜ」

六

役宅に戻って、住みこみのばあやがつくってくれた晩飯を黙々《もくもく》と食べ終えたとき、隣の松田家の中間が来て、

「旦那さまがお呼びです」

と、伝えた。

「え？　なにかご用かい？」

「事件の進捗《しんちょく》の具合を訊きたいとおっしゃってました」

「そうなの」

やけに早い。

いつもなら、だいぶ調べが進んだころに呼びだされるのだが、今回は昨日の晩に、簡単な概要《がいよう》を伝えておいたばかりなのだ。

松田家を訪ねると、玄関口に志保がいて、

「早いでしょ」

と、苦笑しながら言った。

「どうして？」

「今日は、珍《めずら》しく非番だったの」

「そうなのかあ」

松田はめったに休まない。亀無が休みたくてしょうがないのと反対に、松田は屋敷でじっとしていることができない性質《たち》なのだ。

松田の書斎に入ると、

「菊の湯殺人事件はどうなった？」

書見《しょけん》をしながら訊いた。書見をしながらでも人の話が聞けるというのも、松田の特技のひとつである。

「ええ、いちおう下手人の見当はついたのですが……」

いままでわかったことは、ざっと語った。松田の理解力はすごい。一度説明しただけで、完全に理解できてしまう。問題は、そこからなのだ。

「呪われたな」

「呪われた？」

松田には珍しい。ふだんは、そうしたことは信じない。

早瀬にも言ったが、「怪力乱神を語らず」は、松田の信条なのだ。

「剣之介は、呪いなどないと思っているのだろう？」

「いや、呪いはあっても、それでどうこうなるとは……」

「ところが、やはり不可思議なことはあるのだ。善太は今年の春、その菊の湯で殺した女の呪いがかかったのだ」

「殺した女の呪いですか？　殺された女ではなく？」

「そう。殺された女の呪いは、殺しをするような男にかかる。だが、殺した女の呪いは、殺されるような善良な男にかかってしまう」

「ははあ」

「善太は呪われたあげくに、自分を殺してしまいたくなった」

「では、自害だと？」

「それしかあるまい」

「でも、どうやって？　自分でやったなら、凶器の始末はできませんよ」

「できるさ。最初、その凶器は湯屋の小窓にあった」

「小窓に……」

亀無も、小窓が使われたとは思っている。

「それは、ギヤマンを三角に切ったもので、あらかじめ窓に嵌《は》めておいた」

「ギヤマンですか」

「そうだ。三角に切った板のようなギヤマンだ。おそらく、メリケンあたりから来たものだろうな。それを取り、自分の首から胸まで斬り、心ノ臓を刺すと、そのギヤマンは、手裏剣《しゆりけん》でも投げるように、小窓から投げ捨ててしまった。ギヤマンというのは透けて見える。だから、そこらに落ちていても、誰も気づかずにいるのだ」

「まさか、ギヤマンとは考えませんでした」

「探しても無駄だぞ。見えないものだからな」

「はあ」

亀無は礼を言って、書斎をあとにした。

「どうだった?」

玄関口で待っていた志保が訊いてきた。

「松田さまが、なにか変だった」

「変?」

「もともと、怪力乱神を語らずというのが、松田さまの信条だったのに、今日の話は呪いの力はあるというものだったんだ」

「それは、もしかしたら……」

「なにかあったの?」

「朝から変なことが続いたの」

「変なこと?」

「朝、ご飯を食べようとしたら、味噌汁《みそしる》のなかに、上から落ちてきた蜘蛛《くも》が入って、溺《おぼ》れて死んだの」

「へえ」

「兄はかまわず、そのまま食べようとしたんだけど」

「うえっ」

「あたしがあわてて取りあげて捨てたわよ。それで、ご飯のあと、兄がいつものように庭に出て、池のほとりで亀《かめ》に餌《えさ》をやりはじめたところ、上から亀が落ちてきたの」

「亀が落ちてきた？」

「そう。うちの池のなかでも、殿《との》と呼ばれていた亀で、こんなに大きいやつ」

と、志保は両手を肩幅《かたはば》くらいに広げた。

「そんなに」

「おそらく、殿はその脇にあった松の木を伝って上にのぼり、そこから落ちたんだと思うけど、ぎりぎりのところをかすめて無事だったの。もしもまともに頭に当たっていたら、兄の頭が割れたりしたかも」

「それは……たしかに珍事だなあ」

亀無も怨霊のせいとは思わないが、奇《き》怪《かい》なことはあるものだと感心してしまった。

七

翌朝――。

亀無は奉行所に行く前に、役宅から浅草猿屋町の菊の湯に向かった。

三日経ったのだから、そろそろ営業をはじめているかもしれない。あの湯に浸かりながら、いろいろ考えてみたかった。

ところが、菊の湯の暖簾は出ていない。

戸を開けると、おやじが脱衣場でぼんやり座りこけていた。

「なんだよ、今日も開けねえのかい？」

「開けても、客なんざ来やしませんよ」

「開けてみなきゃわからねえだろう。あんただって、身体をもてあますし、殺しのことを知らねえ飛びこみの客だっているかもしれねえだろ」

「そりゃまあ、そうですが」

「開けてみなって。おいらが、最初の客になってやるから」

「旦那がですか？」

「なんなら、うちの中間に娘を連れてきてもいいぜ」

「いや、わざわざ八丁堀から来ていただかなくても。じゃあ、開けますか」

と、おやじは支度に取りかかった。

朝の光で確かめても、血の池のようになった湯舟は、すでにきれいに洗い流してある。しかも、仏式、神式の両方で、お払いも済ませてあるのだ。

それでも、水を汲み、湯を沸かしたりして暖簾を掛けたのは、ようやく昼近くになってからだった。

江戸の湯屋は、どこも朝から開けるので、ずいぶん遅い一番風呂になる。

そのあいだ、亀無は裏にまわって、小窓の外側を確かめた。

こちら側は、湯屋の釜が置かれた脇にあたり、湯を沸かすのに使う廃材が積みあげられている。

――あの傷は、おそらく柳葉包丁《やなぎば》のようなものでつけられたのだ。

と、亀無は思っていた。その包丁の柄のところを紐《ひも》で結び、この小窓の外に吊るしておく。いざ使うときは、紐を引っ張って包丁を取りだしたのだろう。

それから善太を刺したり斬ったりして、また紐に引っかけて、外へ吊るしたのだ。

そして、西次郎が番屋に報せに行くとき、ここに寄り、紐と包丁を小窓から取り外《はず》したに違いない。

番屋に向かうときに、鳥越川《とりごえがわ》の脇を通ることになる。おそらくここから捨てたのだろう。ほかに、捨てられるようなところはなさそうである。

この川は深くて、あまりきれいではないが、包丁が流されるほど流れは速くない。本当に放っていたなら、漁《あさ》らせれば見つけられるのではないか。

「旦那。支度ができたので、暖簾をかけますぜ」

あるじが呼んだ。

「じゃあ、入らせてもらうぜ」

ちゃんと湯銭も払った。

幕末のこのころ、かつて湯銭は六文と相場が決まっていたのがずいぶんあがって、十六文になっている。

じゃらじゃら音を立てながら、ぴったり十六文を番台に置いた。

「おお、気持ちいいなあ」

八丁堀の湯屋は、さすがに町方の役宅が並ぶ町なので、混浴の湯はない。

だが、町方の同心たちは、一番風呂にかぎって、女湯に浸かることができるという余得《よとく》を有していた。

それでも、こんなに空いた湯には入ったことがない。なにせ、ほかに人はおらず、広い洗い場も湯舟も独占しているのだ。

ざくろ口をくぐって、湯に浸かる。なかは薄暗い。小さな窓がひとつあるだけで、そこからかすかな陽光が入りこんでくるだけである。

「やっぱり、そこしかないよな」

と、亀無はつぶやいた。

殺しがあったときは、もっと暗かった。酉次郎が包丁を引っ張りあげても、善太は気がつかなかったのだろう。

――あとは、なんで酉次郎が、仲のよかった善太を殺さなくちゃならなかったかだよな。

これがあきらかにならないと、最後を詰めきれない気がする。捕縛してお白洲《しらす》に連れだしても、みな、そこに首をかしげるはずである。

――ん？

洗い場のほうで物音がした。

どうやら、客が来たらしい。

「ごめんなさい」

そう言って、ざくろ口をくぐってきたのは、女である。

声だけだと若い。だが、声が若くても、実際は六十近いという女はいくらもいる。

亀無も朴念仁《ぼくねんじん》ではない。薄目を開けて、女の動きをじいっと見つめた。暗くてよく見えないが、かけ湯をするのを見ても、乳が垂れたりしていないのはわかる。しかも、かなり豊満である。

「むふっ」

思わず咳払《せきばら》いをしてしまった。

黙って見ていればいいのに、なんのつもりなのか。

「あら」

女はこっちを見た。

手拭いで胸から下を隠しながら、身体をひねるように縁をまたいで、湯舟に身を沈めてきた。

よけいな咳払いをしなければ、身体ぜんぶをじっくり眺めることができたのだ。

「今晩は」

女は挨拶してきた。

「む」

亀無は軽くうなずいた。

「まったく、とんだことが起きましたね」

と、女は言った。

「もう耳に入ったかい？」

「そりゃあ、近所中の噂ですもの」

「住まいはこの近くなんだ？」

「すぐそこで、飲み屋をしてますの。おたまっていいます」

「ああ、あんたがおたまさんか」

町で噂の色っぽい年増《としま》である。なるほどと、内心でうなずいた。

「善太さんは、うちにも来てたんですよ」

「そうなの。話を聞いたやつは、みな、あんないいやつはいねえと言うけどね」

「そうですよ。あたしも同感」

「どういう酒飲みだったんだい？」

「一合だけ、おいしそうに飲んで、そこでやめます。乱れることもないし、たまに飲みすぎるなんてこともないです」

「へえ」

「しかも、あんなに正直な人もいませんね」

「そうなの」

「一度、あたしが釣りを間違えちまったみたいで、三文多く渡したことがあったんですよ。そしたら一度、家に帰って、おかしいというんで、それを届けにきたんですよ。三文ですよ。そんなのもらっといてくれても、あたしはなんにも思わないのに」

「ほう」

「あたしも、もうちょっと若けりゃ、善太さんに一生懸命、粉《こな》かけたんですけどねえ」

「善太は、女っけはなかったのかい？」

「まあ、もてるほうではなかったでしょうね」

「でも、あんたはいいと思ったんだろ？」

「あたしみたいに、いろんな男を見てきた女だからですよ。でも、善太さんは清純で、あんまり苦労なんかしていない、可愛い人が好きだったんですよ」

「ははあ」

「十七、八の男はだいたいそうでしょ。でも善太さんはまだそういう女がよかったの。それくらい、子どもっぽくて、ウブだったのね」

「ああ、それはわかるな」

「でも、酉さんもがっかりでしょう」

「酉次郎も来てたのかい？」

「酉さんは下戸《げこ》ですけどね。新しく店を出す相談で、よく一緒に来たりしてましたよ」

「そんなに仲がよかったのかい？」

「ええ。もうじき、ふたりの夢が叶《かな》うってときでしたからね」

やはり、酉次郎が善太を殺すということはありえないのか。

「もしかして、八丁堀の旦那？」

「うん、まあね」

「北町？」

「そうだけど」

「あたし、松田さまが大好きで」

「みな、そう言うんだよ」

「よろしくおっしゃってくださいな。では」

おたまは湯舟から出ていったが、亀無は馬鹿馬鹿しくなって、豊満な肉体にも目を向ける気はしなかった。

——おいらは、松田さまの伝達役じゃないよ。

八

いつもより一刻(二時間)ほど遅れて奉行所に入ると、待っていた早瀬に、

「この一件は難しいなあ、百ちゃん」

と、亀無は言った。

「やっぱり、呪いですか?」

「それはないって。なんで酉次郎が善太を殺さなきゃならないのか、おいらにもさっぱりわからないよ」

「でしょう」

「でしょうじゃなくて、これは百ちゃんが持ちこんできた話だよ」

「それはそうですが」

「いちおう鳥越川を漁らせてみるけどな。たぶん、包丁が見つかるだろう」

「包丁?」

「小窓に紐で吊るしておいた柳葉包丁を引っ張って、善太を刺したり斬ったりし

たあとでもとに戻し、番屋に行くとき川に放ったんだよ」

「なるほど。見つかれば、それが証拠じゃないですか？」

「いやあ、包丁に酉次郎の名前でも入っていれば別だけど、知らねえと言われればどうしようもねえ」

おそらく、そんなことで畏れ入るようなやつではない。ああいう、おとなしそうなやつにかぎって、意外にしぶといのだ。

「そうなので」

「こうなったら、とことん酉次郎を見張ってみな。朝、昼、晩と。なんか尻尾《しっぽ》を出すかもしれねえよ」

「朝、昼、晩とですか？」

「寝てる場合じゃないかもな。瘦《や》せるぞ、きっと」

「…………」

早瀬は、あきらかに亀無に相談したのは間違いだったという顔をした。

早瀬がしぶしぶ伊右衛門長屋に向かい、亀無は暮れ六つ近くなってから、早瀬の様子を見にいった。

「おう、百ちゃん」

「あ、亀無さん」

「ちっと、あっちの番屋に入ろうか」

浅草橋近くの番屋に入って、話を聞いた。

「ちゃんと見張ってた？」

「もちろんですよ。野郎はほんとに仕事のやる気を失くしたみたいで、今日も屋台を出すつもりはないみたいですね。仕入れにも行かず、ずっと家にいます」

「女房はまだ戻らねえのかい？」

「まだみたいです」

「そうかあ」

亀無も突っこみようがない。

かなりの長丁場《ながちょうば》を覚悟しなければならないだろう。下手すると、捕縛できないままで終わることもありえるかもしれない。

と、そこへ――。

「大川で死体があがったぜ」

という話が飛びこんできた。

「どんな死体だ？」

亀無が思わず訊いた。同心の習いだろう。

「明け方に、両国橋から誰か飛びこんだ音がしたので、橋番たちとも捜してたんですが、さっき猪牙舟《ちょきぶね》の船頭が竿《さお》の先になにか当たったてんで、調べたら土左衛《どざえ》門《もん》でした。旦那方、いらしてたんで？　ちょうどいい。検分なさってください」

町役人らしい男に頼まれた。

「土左衛門かあ。ほんとに新しいんだろうな？」

亀無は眉根《まゆね》を寄せて訊いた。

しばらく沈んでいて、やっとあがった土左衛門くらい見たくないものはない。ぱんぱんにふくれていて、臭《にお》いはひどいし、しゃこだの魚だのが食いついているし、下手に突っつくと、膿《うみ》みたいなものがピューッと引っかかるし、三、四日は食欲が失せてしまう。

「大丈夫です。まだ新品で、家に持って帰りたくなるくらいきれいです」

「女なの？」

「いや、男です」

「馬鹿言ってんじゃねえよ」

「しかも、身元もわかりました。ここらの三下《さんした》やくざで、朝吉《あさきち》って若い者です」

「やくざかよ」

となれば、やくざ同士の抗争かもしれない。だとすれば、放ってはおけない。

「おい、百ちゃん」

「ええ、行きましょう」

死体は、薬研堀《やげんぼり》に入るところの船着き場にあげられ、横になっていた。

なるほど、まだ若い。二十歳にもなってないかもしれない。

亀無は脇にしゃがんで、胃のあたりを押した。

「げぼっ」

と、水を吐いた。殺されて放り投げられたのではない。溺《おぼ》れて死んだのだ。

「あれ？」

懐《ふところ》と袂《たもと》に、石が入っていた。

「これは殺されたんじゃなく、自分で飛びこんだのだろうな」

亀無がつぶやくと、

「やくざが自分で？」

早瀬は首をかしげた。

「指を詰めるくらいじゃ、済まなかったのかもな」

「ははあ」

すでに野次馬が集まっていたが、

「なんだ、朝吉。死んじまったのかよ」

と、声がした。二十五、六くらいの派手《はで》な着物をだらしなく着た男である。

「おう、おめえはこいつの兄貴分か？」

亀無が睨《にら》みつけながら訊いた。

「え？　いちおうは」

「なんで、こんなことしたのか、わけは知ってるのか？」

「いや、知りません。ただ、なんか悩んでるふうだったので」

男はそう言うと、あわてて野次馬をかき分け、逃げてしまった。わかってはいるが、言えないような話なのだ。

「こいつは、悩んでいたらしいが、誰か思いあたるのはいるかい？」

亀無は、野次馬を見まわして訊いた。

「そういえば……」

と、野次馬のひとりが言った。

「なんか、あったかい？」

「三日前の晩でしたが、その男が、橋のたもとの屋台の蕎麦屋で、なにか訊いているみたいでしたよ」

「橋のたもと？　両国橋《りょうごくばし》の西詰めか？」

「そうです」

なにか気になる。

亀無は、あとの始末は橋番たちにまかせ、両国橋西詰めにいた屋台の蕎麦屋のところに行って、

「三日前の晩、若いやくざ者が、あんたになにか訊いてたんだって？」

と、まだ支度をはじめたばかりのおやじに訊いた。

「ええ、訊かれましたよ」

「なにを訊かれたんだ？」

「前の晩、ここに忘れ物はしなかったか、と」

「忘れ物？」

「これくらいの包みだとか」

手のひらに載るくらいだったらしい。

「酔っ払ってよく覚えてないけど、たぶん、蕎麦を食ったんだ、とも言ってまし

た」

「ふうん、そうなのかい」

亀無の頭のなかに閃《ひらめ》きが走った。

朝吉は、その包みを、善太と西次郎の屋台に忘れたのではないか。

九

亀無と早瀬は、浅草橋たもとにある飲み屋の暖簾を分け、あるじらしき男に、

「ここらを取り仕切ってる親分は、なんて言うんだい？」

と、訊いた。派手な女がふたり、酒を運んだりしていて、いかにも地廻《じまわ》りにみかじめ料を納めているような、猥雑《わいざつ》な感じの店である。

すると、なかにいた客がいっせいに亀無を見た。

「へえ。近頃はここらも、両国を仕切っている血まみれ一家が仕切ってまして」

飲み屋のあるじは、おどおどしたそぶりで答えた。

「なんだ、血まみれ一家がのしてきてるのか」

亀無は顔をしかめ、

「根城《ねじろ》はたしか、柳橋《やなぎばし》のたもとあたりだったよな？」

「ええ、おそらく」

わかっていても、教えたくはないのだろう。

「ありがとよ」

礼を言って、外に出た。

足は柳橋のほうに向いている。

「血まみれ一家のことは、ご存じなんですか？」

早瀬が訊いた。

「名前はな、有名だもの。血生臭《ちなまぐさ》いことでは、近年まれに見るほどらしいぜ」

「へえ」

「そのくせ親分はずる賢くて、いろいろ手をまわしてるから、なかなか尻尾をつかませねえんだとよ。定町廻りもこぼしてたよ」

「そりゃあタチが悪いですね」

柳橋を両国のほうへ渡った。一家の根城は、このあたりだったはずである。

「この際だから、親分を問いつめるか？」

「いまからですか？」

「うん、いまから」

「ふたりだけで乗りこむってことですか？」

「足りない？」

「だって、やくざの家に乗りこむんでしょう？」

「そうか。援軍がねえとな」

そう言ったとき、周囲に嫌な気配が漂《ただよ》いだした。

――ん？

いつの間にか、人相の悪い男たちに囲まれているではないか。

屈強《くっきょう》な身体つきに加え、人の表情とは思えないくらい憎悪に満ちた顔をした男たちが、ひとり、ふたり……七人ほど。

そのうちのひとりは、さっきの飲み屋から、そっと出ていった男のような気がする。

そのなかで、いちばん不気味な顔で笑っている男が、

「なんか、あっしらのことで調べてくれているそうで？」

と、顔を突きだすように訊いてきた。吐く息が、恐ろしく臭《くさ》い。

ドブ水に肥《こえ》を垂らしたような臭《にお》いで、性根《しょうね》の腐り具合がしのばれるというもの

である。

「あんたは？」

「この一帯を取り仕切る両国西組《りょうごくにしぐみ》、人呼んで血まみれ一家の熊蔵《くまぞう》と申しやすが」

「ああ、あんたが熊蔵か」

「すぐそこが、あっしらの家ですので。どうぞ、どうぞ」

「いや、あの、そういうつもりじゃなかったんだけどね」

まわりを囲まれて、もはや行き場がなくなっている。空いているほうに進むと、そこが血まみれ一家の根城になるのだ。

「百ちゃん。ふたりくらいはやれるよな？」

亀無は小声で訊いた。

「無理ですよ。まあ、ひとりなら張りあえると思いますが」

「ひとりかよ」

そうなると、亀無ひとりで親分を入れて七人、いや、家にはほかに子分もいるだろうから、とても相手はできない。

ここは、お茶だけ飲んで、愛想のひとつも言って帰るしかない。無事に帰ることができれば、の話だが。

押しこまれるように玄関から、奥の部屋へと通された。

「さ、どうぞ」

座るようには勧めてくれたが、座布団は出してくれない。

「おいらは北町奉行所の……」

亀無が言いかけると、

「存じあげてますよ。ちぢれすっぽんの旦那でしょ」

「………………」

やくざに綽名《あだな》を言われてムッとするが、態度には出さない。だが、何者か知っているということは、そうひどいことにはならないだろう。

「あっしらに、なにかご用でしたかい？」

「なあに、たいしたこっちゃねえ。大川に飛びこんだ、朝吉とかいったあんたの子分のことを訊きたいんだよ」

「あっしらがやったとでも？」

「いや、あれはたぶん、自分で飛びこんだのだろう。だが、そこまでするに至ったわけがありそうだ」

「町方は、やくざが死のうと決めて死ぬ、そのわけまで探ろうというんですかい？」

親分が顔を近づけると、周囲の凶悪な顔も、接近してきた。

早瀬はすでに、目を合わせることはやめ、じいっと天井を見つめている。

「じつは、ほかの殺しにからんだみたいなのでな」

と、亀無は言った。

「ほかの殺し？　どの殺しで？」

「猿屋町の湯屋で起きた殺しだよ」

「あれは、呪いの殺しでしょ」

親分は真剣な顔で言った。やくざも呪いの効果は信じているらしい。それでよく、人を脅したりできるものである。

「呪いなんかじゃねえ。くわしくは言えねえけどな」

「湯屋の殺しと、うちの子分が、どうかかわるとおっしゃるんで？」

「つまりだな、おめえんとこの子分が落としたものを拾ったやつがいて、それの取りあいがあの殺しだったってわけ。おめえの子分が間抜けだから、起きなくていい殺しが起きちまったんだよ」

言い方に気をつけて、やくざがよけいな恨みを持たないようにした。

「なるほど」

「どうせ、誰かを脅して巻きあげた金なんだろうが。なんなら、そっちをくわしく探ってもいいんだぜ」

「それはやめてもらいてえ」

「だったら、正直に言うことだ。子分はいくらなくしたんだ？」

「五十両ですよ」

「なるほどなあ」

「拾ったのは誰なんで？」

「さあな」

亀無はとぼけた。

すると、子分のひとりが意外なことを言った。

「もしかして、酉次郎とか抜かす野郎じゃねえですか？」

「え？」

亀無は思わず、早瀬と顔を見あわせた。

意外な話が出てきたものである。

「やっぱりそうみたいですね」

と、子分は嫌な目つきをして言った。

「なんで、そんなことを言うんだ？」

「じつは、その野郎はうちの賭場《とば》で、三十両ほど負けましてね」

「三十両！」

「二十両までは、野郎が貯めこんでた金で払ったんですが、残り十両は借金てことになったんでさあ。それで、じわじわ取り立てようと思ってたら、一昨日の晩にやってきて、ぽんと十両を置いてったんですよ。相場で当てたとか抜かしてたけど、いま考えると怪しいなと思いましてね」

「へえ」

「まあ、それはこっちで探らせてもらいます」

と、子分は熊蔵を見て、うなずいた。

だが、亀無はすぐに、

「おい、それはこっちでやることだぜ。おめえのほうは、朝吉が死んで落とし前をつけたんだから、それでいいだろうよ。あるいは、五十両の出どころを探ろうか？」

と、熊蔵を睨みつけて言った。

「旦那、わかりました。それで手を打ちましょう」

「いいんだな？」

「あっしらは、その件は忘れます。どうぞ、お引き取りを」

熊蔵がそう言うと、早瀬は喜んで立ちあがった。


両国橋のところまで来て、早瀬は後ろを振り向き、

「驚きましたねえ。西次郎の野郎、博打《ばくち》で借金をこしらえていたなんて」

「ああ。やっと貯めた二十両まで手をつけちまった。そこへ、五十両の忘れ物だ。西次郎は天の恵《めぐ》みと思ったんだろうな」

「そりゃあ、思いますよね」

「でも、生真面目で正直者の善太は、それは届けねえと駄目だと言った。それで、西次郎は善太を殺さなきゃならなくなったんだろうな」

「そういうことでしたか」

「だが、西次郎も、ここまでこつこつ貯めた二十両があるのに、なんで博打なんかしようと思ったんだろうな？」

「もしかして、善太とは手を切って、女房と店をやりたくなったのでは？　だっ

たら、二十両を倍にしなくちゃならないでしょう?」

「なるほど。だが、だったらあわてなくてもよさそうだ。百ちゃん。もういっぺん、おさとに会って、そこらの話を訊いてみな。もしかしたら、そこらが大元《おおもと》のきっかけかもしれねえよ」

「わかりました」


一刻(二時間)ほどして——。

「亀無さん。わかりましたよ」

と、早瀬は意気揚々《いきようよう》とやってきた。

「なにがわかった」

「やっぱり、おさとのためでした。おさとの親父というのは、百姓のくせに博打好きで、新宿のやくざに三十両も借金をつくってやがったんです。それで返さなきゃ、おさとを吉原《よしわら》に売れと、そういう話まで進んでいたみたいです。それを聞いたおさとが酉次郎に相談すると、なんとかするということになり、どう工面《くめん》するのかと思っていたら、昨日の朝、なんとかなったので近々、金をおまえのおとっつぁんに届けるから、と言ってきたそうです」

「なるほどな」

「届ける前に、ふん縛りますか？」

「いや、届けさせようよ」

と、亀無は言った。

「え？」

「届けねえと、おさとは吉原に身を売られちまうんだろ。せめて、それだけは救ってやろうよ」

「そりゃあ、いいですねえ」

早瀬は嬉《うれ》しそうにうなずいた。

十

西次郎がさばさばした顔で帰ってくるのを、亀無と早瀬が、長屋の入り口の前で待っていて、

「よお」

亀無が声をかけた。

「これは旦那方……」

「だいぶ埃《ほこり》っぽくなっているみてえだが、旅にでも出てたのかい？」

「いや、なに、ちょっとね」

「新宿まで行ってきたんだろ？　おさとの親父の借金を返させるために」

「え？」

「やっぱり、善太を殺したのはおめえなんだ。おいらはわりとすぐに、おめえだと見当つけたんだよ。あの湯屋に呪いの話があるのを利用して、呪いが起こした殺しのせいにしようとしたんだよな」

「なにをおっしゃってるんで？」

「手口もわかったぜ。湯舟の上の小窓に、紐で柳葉包丁を吊るしておき、善太を殺したあと、また外に出したやつを、番屋に報せる際に回収して鳥越川に捨てたんだ。おめえが新宿に行ってるあいだに川を浚《さら》ったら、ほら」

亀無が早瀬を見ると、

「これだろ」

早瀬が、紙に包んでおいた包丁を見せた。

「知りませんよ、そんなもの」

「ほう。白《しら》を切るのか。まあ、いいや。おいらもそこまではわかったんだが、なんでおめえが、幼馴染みで一緒に江戸に出てきて、ふたりで蕎麦屋をやろうとこつこつ金を貯めてきたような相手を殺さなくちゃならなかったのか、そこはわからなかった。でも、若いやくざが両国橋から身を投げてくれたおかげで、やっとわかったよ。おめえは、その若いやくざが、おめえの蕎麦屋の屋台に忘れていった五十両をネコババしようとして、善太に止められた。善太は生真面目な正直者だが、融通《ゆうづう》が利かねえ。結局、殺すしかなくなっちまったってわけだ」

「なにをおっしゃってるんだか」

と、酉次郎はそっぽを向いた。

「まだ、とぼけるのかい？　おめえが賭場で三十両負け、最初に二十両は払ったが、残りの十両は、殺しがあった翌日の晩に届けにきたって聞いてるんだ。十両なんて金は急にできるわけがねえ。ネコババした金からあてたんだろうが」

「…………」

「だが、おめえは金儲《もう》けしようとか、そういうんで博打に行ったわけじゃねえんだよな。出来心《できごころ》のきっかけは、おさとの親父の博打の借金だ。三十両返さねえと、おさとは吉原に売られちまう。大事な嫁を助けるため、三十両をなんとかしようって気持ちで賭場に行っちまったんだよな。でも結局、大負けして、店をやるための二十両までなくなっちまった。そこに、五十両の落とし物だもの。どうしたって、ネコババしたくなっちまうよな」

「………」

「白状しな」

「そんなの知りませんよ。博打で負けたのはたしかですが、あっしはもともと持っていた金で、なんとかしたんです」

「持っていた？」

「ええ。あっしは、もともと博打が得意で、ほうぼうの賭場で博打をやっちゃあ銭を稼ぎ、貯めていたんですよ。負けの残りも、おさとの親父の借金も、それで払ったんです。やくざが落とした金なんか知りませんよ」

「知らねえの？　だったら、二十両を見せてくれよ」

「この前、見せたでしょうが」

「もういっぺん、見たいんだ？」

「見せる必要はありませんね」

「だよな。おめえはもう、二十両はねえもんな。博打で三十両負けたけど、おめえはそこから二十両を出し、さらに十両はネコババした金から出した。五十両は入ったけど、おさとのおやじに三十両やっちまったんで、残りはもう十両しかねえ。見せたくても、見せられねえんだよな」

亀無がそう言っているあいだ、早瀬は指を折ったり立てたりしていた。

「…………」

「ほら。もともと博打で稼いだ金があれば、見せられるだろう。見せろよ」

「…………」

西次郎はなにも言わない。これでもう言いわけはできないはずだった。

だが、ニヤッと笑うと、

「十両は、落としたんですよ」

「落としただと？」

「ええ。親父の借金は三十両だが、多めに四十両持っていったんですが、途中で落としちまったんです」

この言いわけには、早瀬もカッとなって、

「きさま。いいかげんにしろ」

と、つかみかかった。

だが、亀無は平然と、

「じゃあ、しょうがねえな。帰ろうぜ、百ちゃん」

「帰る？　諦《あきら》めるんですか？」

早瀬は目を丸くした。

「だって、これぞという証拠はねえんだもの。どうしようもねえだろう。さあ、引きあげようぜ」

「え？」

西次郎もこれには啞然《あぜん》としている。

「じゃあな」

「あっしは？」

西次郎は自分を指差して訊いた。

「べつに好きにしなよ」

「よろしいんで？」

「だって、おめえがやってねえと言うし、金も拾っちゃいねえと言う。どうしようもねえよな」

「はあ」

「ただ、その代わり、町方が諦めると、ことはやくざのほうに行っちまうぜ。それは勘弁してくれよ」

「どういう意味です？」

「おいらは、血まみれ一家ってとこで、いろいろ訊いたんだよ。それで、あそこの子分が落とした金は、たぶん夜鳴き蕎麦屋の酉次郎ってのが拾ったんだって、そう言っちまったのさ」

「なんてことを」

「そこの親分の熊蔵ってのが、全身の毛を逆立てて怒ってな、そいつは手の指と足の指を全部、一本ずつ詰めさせるって言うんだよ」

「…………」

「おいらは、それは可哀相《かわいそう》だ。酉次郎には女房もいるんだから、勘弁してやってくれと言ったんだがな」

「よけいなことを」

「そしたら熊蔵は、女房にも同じことをするって言いやがる」

「…………」

「でも、あいつが怒るのも無理はねえんだ。子分は金をなくした責任を取って、両国橋から飛びおりて死んじまった。しかもだぜ、おめえが借金を返しにいった賭場は、血まみれ一家が仕切る賭場なんだよ。そういうのって、やくざをコケにしたみたいに感じるらしいんだよ」

「そんな」

「だが、この件は町方が裁くべきことだって、熊蔵をどうにか説得したんだ。だけど、おいらがどうにもできないとなったら、今度は熊蔵たちが動くのはしょうがねえよ。じゃあ、逃げられるものなら、逃げきってくれ。たぶん、もう家も囲まれてるとは思うけど」

「ちょ、ちょっと待ってください」

「なに？」

「あっしが認めれば、町方はおさとを守ってくれるんですか？」

顔がさっきとは違っていた。

懸命に家を守ろうとする、若い男の顔になっていた。嫁をもらったばかりの若い男は、みな、こういう顔をしているのだ。

「そりゃあ、当然だろ」

嘘ではない。町方の威信にかけても、熊蔵にはこれ以上、手を出させない。

「あっしがやりました」

西次郎はがっくりうなだれたのだった。

西次郎を茅場町《かやばちょう》の大番屋《おおばんや》に入れると、

「よかったですね、亀無さん」

と、早瀬は言った。

「なにがいいんだよ」

「今回も見事に解決したじゃありませんか」

「解決したからって、嬉しいわけねえだろ」

「そうなので？」

殺しなんか解決したって、いつもちっとも嬉しくないのである。

幸せな悪党はいない。

その悪党の心の底には、悲しみや貧困や無知や不運などが積み重なっている。

悪事をあばくうちに、いつもそれを見せつけられて、亀無はうんざりするばかりなのだ。

「おいらは疲れた。今日は早めに帰らせてもらうよ」

亀無は片手をあげて早瀬に別れを告げると、とぼとぼと歩きだしていた。

十一

亀無がぐったり疲れて八丁堀の役宅に戻ってくると、隣の屋敷の前に、松田重蔵がいた。いったん屋敷に入って着替えたらしく、着流しに一本差しという気楽な恰好《かっこう》になっている。もっとも、松田はこんな恰好でも見映《みば》えがするのだから、亀無からしたら同じ男として羨《うらや》ましいかぎりである。

松田は亀無を見ると、

「剣之介、おまえ、いつまで愚図愚図《ぐずぐず》しているのだ?」

と、声をかけてきた。

「え?」

「志保のことだ」

「志保さんの?」

「あれは、おまえと一緒になりたがっているぞ。わしは、あれが三歳のときからそうだとわかっていた」

「そんな」

「だったら、なぜ、大高の家に嫁に行くことになったのかと思うか？」

「…………」

珍《めず》らしくこっちの気持ちを読み当てた。

「あれは、おまえが引っこみ思案だったため、自分には気がないのだと思いこみ、ちょうどそのとき、大高の話が持ちあがってしまったのだ。わしもあの当時は、志保をおまえにやるのは気が進まなかったのでな」

「そうなので？」

「なにせ、おまえはほら、見た目がちとよろしくないだろうが」

「…………」

「顔立ちはそう悪くないと思うぞ。そのすっきりしない頭と、なんとなくしょぼたれた姿勢が、志保にはふさわしくないと思ってしまったのだ」

「それはいまも変わらないのでは？」

「だが、志保は出戻りで、一段、格が落ちただろうが」

「そんな……」

そういう言い方は、いくら実の兄でもひどいのではないか。

「逆におまえは、ずいぶん手柄《てがら》を立てて、格が一段あがった。これで、どうにか三段違いくらいまで近づいたから、まあ、おまえが逆の玉《たま》の輿《こし》というのでいいではないか」

「…………」

ということは、雛飾《ひなかざ》りにたとえれば、志保はいちばん上の段にいたが、亀無は段どころか、畳の上で転がっていたことになる。

「さて、わしがいまから話をつけてくる」

「話って？」

「大高に、志保とおまえの婚姻を納得させるのだ。わしが言えば、あいつももう、諦めるに違いない」

そう言って、松田重蔵はスタスタと歩いていってしまった。亀無が止めなかったのは、やはり、そうなれば嬉しいという気持ちがあるからだろう。

ぼんやり見ていると、松田家から志保が出てきて、

「あら、剣之介さん、兄は？」

と、訊いてきた。

「いや、あの」

「どこかに行ったの？」

「大高の家に行くと」

「大高の家？　どうして？」

「それが、なんというか……」

恥ずかしくて、亀無の口からは言いにくい。

「駄目よ。近頃、大高は変なのだから」

「変て、なにが？」

「この前は、知らない人と一緒に、遠くから家を見ていたの」

「え？」

「それと、これは別の人から聞いたんだけど、大高が最近、幕府のお偉方にしばしば呼びだされたりしているらしいの」

「なんだって」

亀無の胸に嫌な予感が走った。

松田重蔵は、江戸の町人に絶大な人気を誇るが、幕閣のなかには、当然、それをうとましく思う連中もいる。

はっきり特定はできないが、松田を亡き者にしたいとすら思う者もいるのだ。

亀無がこれまで二度ほど、謎の刺客《しかく》に襲われたのも、松田を憎む者の仕業《しわざ》に違いない。

「ここんとこ、兄は評定所に呼ばれたりして、あの調子で面と向かって非難したりするでしょ。その非難された人と、大高が結びついたみたいだって」

「まずいよ、志保さん」

亀無は、ハタと思いあたることがあった。

「まずいって、なにが？」

「この前の、天井から蜘蛛が落ちてきたり、木の上から亀が落ちてきた件。あれは珍事なんかじゃなく、松田さまが狙《ねら》われたんだ」

「狙われた？」

「そう。蜘蛛の糸は、おそらく毒でも垂らすためだった。また、亀にしても、木になんかのぼれるわけがない。それは亀を上に載せておいて、松田さまが下に来たとき、ひっくり返るように仕掛けをほどこしていたんじゃないかな」

「なんてこと」

「危ないよ。行ってくる」

亀無はそう言って駆けだした。

――まずいぞ。

胸がドキドキしている。

大高は以前、捕り物のときに大怪我をしている。

そのため、いまは役目から外れ、静養中ということになっているが、怪我はもうだいぶ回復しているという話もある。

だとしたら、大高が松田を襲うこともありえるのではないか。

松田もいちおう亀無と同じく、鳳夢想流《おおとりむそうりゅう》の免許皆伝《めんきょかいでん》だが、五百回ほど立ち合って、亀無は一度も負けたことがない。実力は、あの人格同様で謎なのだ。

大高の役宅に着いた。

家は静まり返っている。

「松田さま！」

亀無は飛びこんだ。

大高のほかに、もうひとりいた。

恐ろしく小柄で、子どものような体型だが、身のこなしでかなりの遣《つか》い手とわかった。

松田とふたりは、睨みあっていた。三人とも刀を抜いている。

大高と小柄な男は正眼《せいがん》だが、松田は百姓が鍬《くわ》でも担《かつ》ぐように、刀を肩に載せている。これはなんという構えなのか。

少なくとも鳳夢想流に、こんな構えはない。

「松田さま。無事でしたか」

亀無は息を切らしながら言った。

「あたりまえだ。わしが、こんなやつらに斬られるわけがない」

松田は笑みを含んだ声で言った。

「鳳夢想流免許皆伝、しかも師匠からは、秘伝の夢想斬《むそうぎ》りを伝授《でんじゅ》されている。それをいまから、こやつらで試そうとしていたのだ」

「そうなので」

そんな話も聞いたことがない。

だが、松田はそれをこのふたりにも告げたのだろう。そして、あまりにも堂々としたふるまいに、気合負け、迫力負けしていたのだろう。

——なにもせず見ていようか。

と、亀無は思った。もしかしたら、ふたりはこのまま尻尾を巻いて逃げだすかもしれないのだ。

だが、ふたりが居直ってしまったら、松田の化けの皮は剝《は》がれるのだ。

「こうなったら相討《あいう》ちでも」

小柄な男が言った。

「よし」

大高がうなずいた。

やはり放ってはおけない。

「松田さま。さがってください」

そう言って、亀無は前に飛びだした。

同時に小柄な男が消えた――ように錯覚《さっかく》した。男は地面に這いつくばっていたのだ。そして地面すれすれに、亀無の足へ斬りつけてきた。

亀無は危うくそれを避け、大きく跳んで、着地したときは刀を男の背中に突き刺していた。

「ぎゃっ」

男が虫の最期のように、のけぞってばたばたした。

「おのれ、亀無」

大高が斬りつけてきた。

亀無は後ろに跳びずさりながら、大高の剣を払った。

「よせ。おまえは斬りたくない」

亀無が言った。

「やかましい。おれの家もおれの地位も無茶苦茶《むちゃくちゃ》にしたのは、きさまだ」

大高はそう言いながら、叩きつけるように剣を振りまわしてくる。

「おいらのせいだって」

「ああ。おれから志保を奪い、おれの気持ちを踏みにじりやがって」

「なんと」

本当にそうなのか。大高はそんなふうに思っていたのか。

亀無の気が萎《な》えていく。このまま斬られてしまってもかまわない。

「剣之介！　なんだ、そのざまは！」

後ろで松田が叱咤《しった》している。

横殴《よこなぐ》りの剣が来た。

腰を沈めてかわしたのは、鍛錬《たんれん》の成果か。生への未練《みれん》か。

流れる剣先を見ながら、亀無の剣が走った。

これは過《あやま》たず、大高の腹を斬り裂いた。

血飛沫《ちしぶき》がはじけた。亀無にそれを浴びながら、大高に詫びた。

いくら大高が逆上し、松田重蔵に襲いかかったのを防ぐためだったとはいえ、亀無が斬り殺した大高の細君《さいくん》を嫁にすることなどできるわけがない。八丁堀というせまい世界の常識に鑑《かんが》みても、それはありえない。

亀無と志保が結ばれるのは、ますます難しくなってしまった……。

コスミック・時代文庫

同心《どうしん》 亀無《かめなし》剣《けん》之《の》介《すけ》
め組の死人

2024年9月25日　初版発行

【著 者】
風野《かぜの》真《ま》知《ち》雄《お》

【発行者】
佐藤広野

【発 行】
株式会社コスミック出版
〒154-0002 東京都世田谷区下馬 6-15-4
代表　TEL.03(5432)7081
営業　TEL.03(5432)7084
　　　FAX.03(5432)7088
編集　TEL.03(5432)7086
　　　FAX.03(5432)7090

【ホームページ】
https://www.cosmicpub.com/

【振替口座】
00110-8-611382

【印刷／製本】
中央精版印刷株式会社

乱丁・落丁本は、小社へ直接お送り下さい。郵送料小社負担にて
お取り替え致します。定価はカバーに表示してあります。

ISBN978-4-7747-6567-9 C0193